# ごんげん長屋
# つれづれ帖【二】
## ゆく年に

金子成人

双葉文庫

# 目次

# ごんげん長屋・見取り図と住人

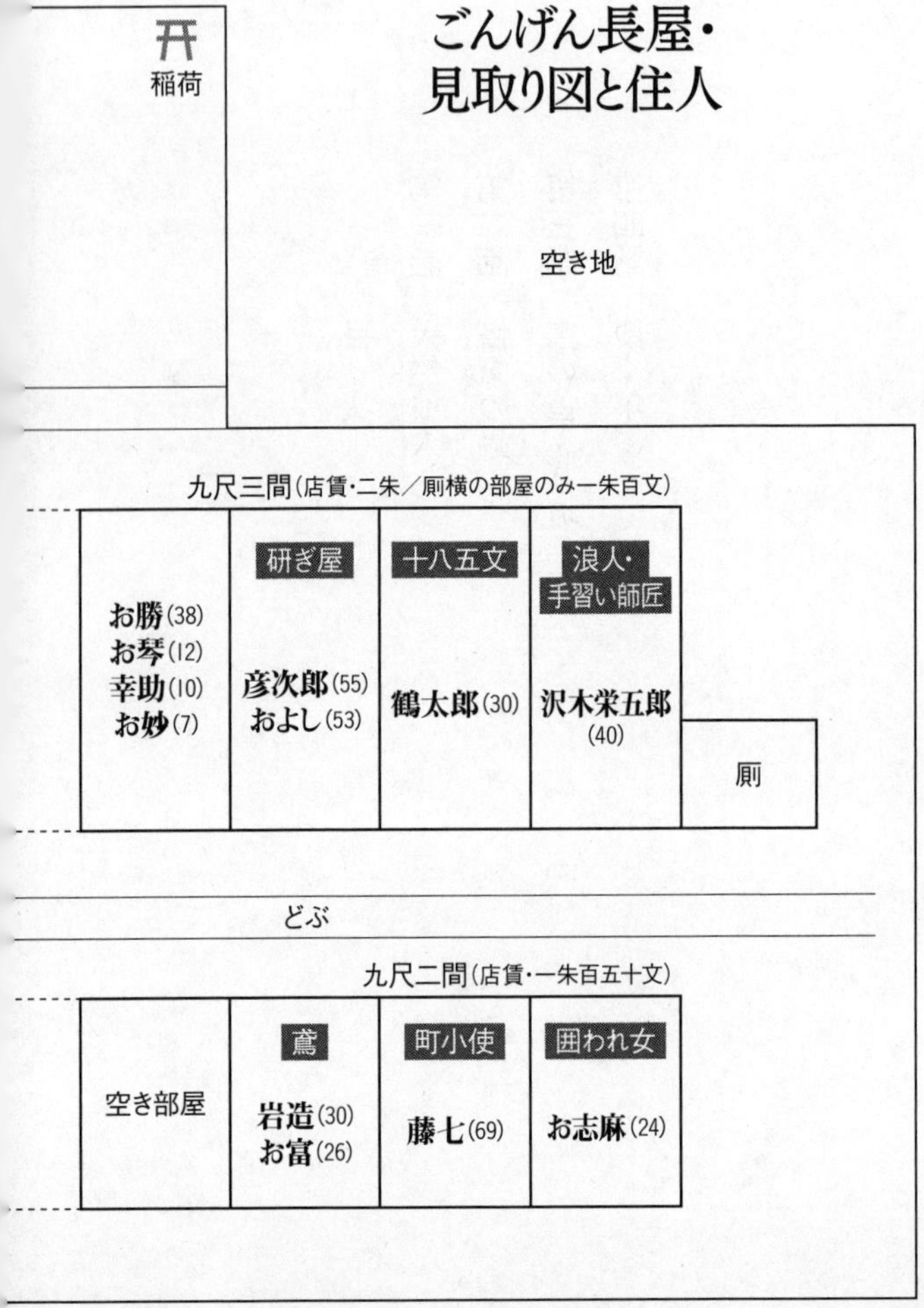

稲荷
空き地
九尺三間（店賃・二朱／厠横の部屋のみ一朱百文）
お勝（38）
お琴（12）
幸助（10）
お妙（7）
研ぎ屋
彦次郎（55）
およし（53）
十八五文
鶴太郎（30）
浪人・
手習い師匠
沢木栄五郎
（40）
厠
どぶ
九尺二間（店賃・一朱百五十文）
空き部屋
鳶
岩造（30）
お富（26）
町小使
藤七（69）
囲われ女
お志麻（24）

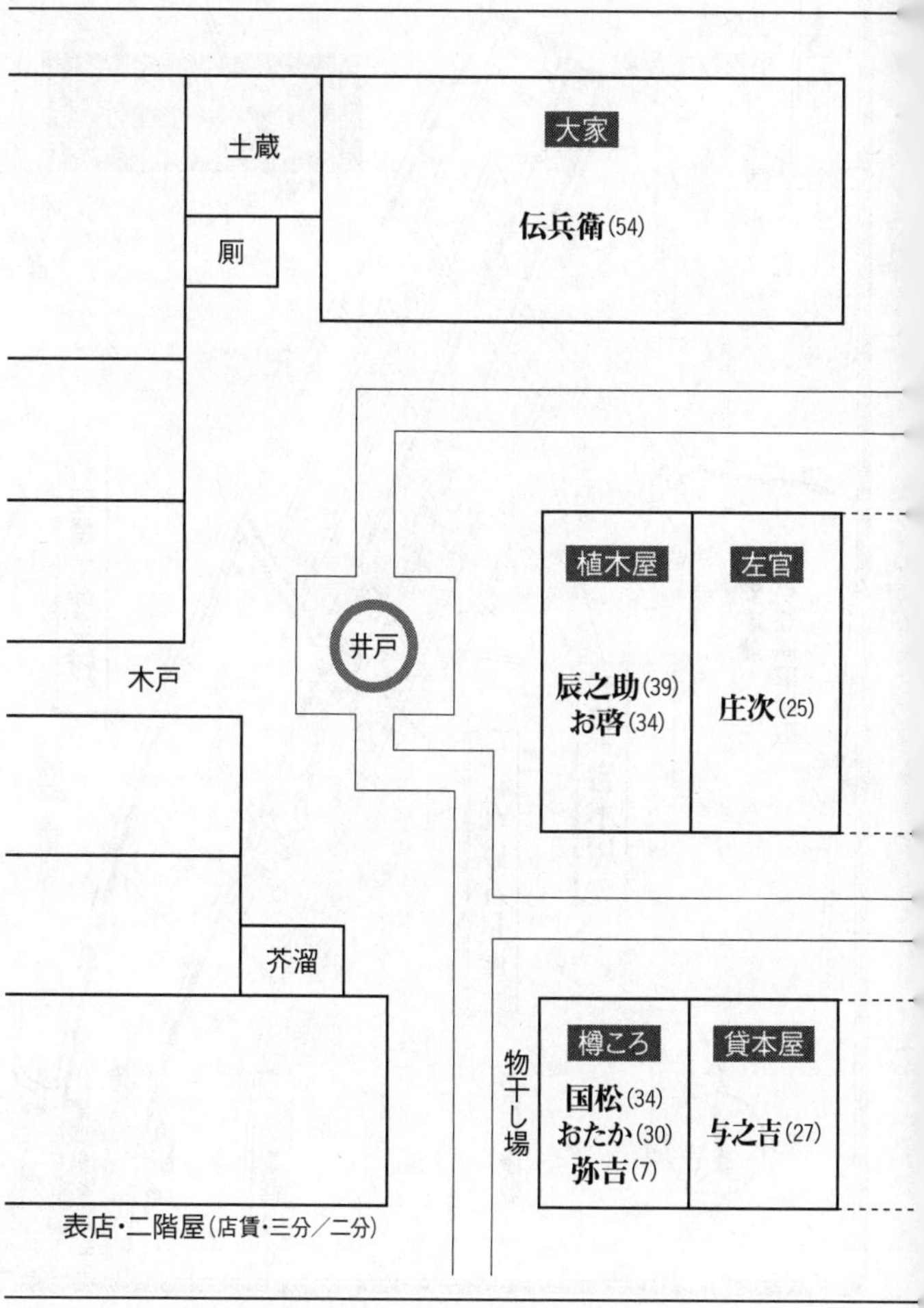

大家
土蔵
伝兵衛(54)
厠
植木屋
左官
井戸
木戸
辰之助(39)
お啓(34)
庄次(25)
芥溜
樽ころ
貸本屋
物干し場
国松(34)
おたか(30)
弥吉(7)
与之吉(27)
表店・二階屋(店賃・三分／二分)

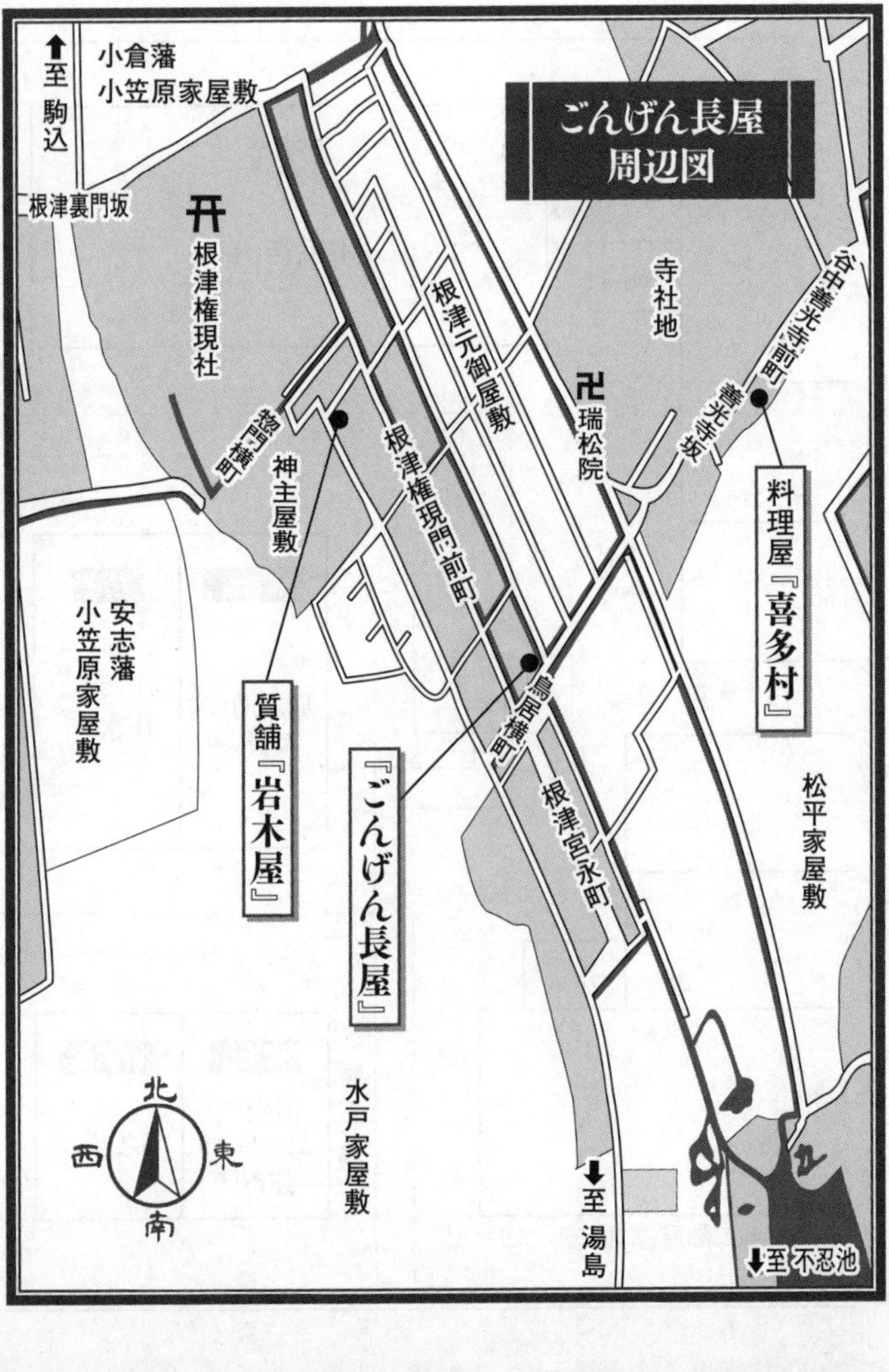

ごんげん長屋
周辺図
至駒込
小倉藩
小笠原家屋敷
根津裏門坂
根津権現社
惣門横町
神主屋敷
根津権現門前町
根津元御屋敷
瑞松院
寺社地
谷中善光寺前町
善光寺坂
料理屋『喜多村』
質舗『岩木屋』
『ごんげん長屋』
鳥居横町
根津宮永町
安志藩
小笠原家屋敷
松平家屋敷
水戸家屋敷
至湯島
至不忍池
北
西
東
南

# ごんげん長屋つれづれ帖【二】

ゆく年に

# 第一話　天竺浪人《てんじくろうにん》

一

日が昇って四半刻《しはんとき》（約三十分）が経《た》った六《む》つ半（午前七時頃）には、『ごんげん長屋』の井戸端《いどばた》はすっかり明るくなった。

今、井戸端に集まっているのはお勝《かつ》と、七つになる娘のお妙《たえ》、火消し人足《にんそく》を務《つと》める岩造《いわぞう》の女房のお富《とみ》、植木職をしている辰之助《たつのすけ》の女房のお啓《けい》である。

物売りや左官《さかん》など、外を仕事場にしている男の多くは半刻（約一時間）も前に長屋を出ており、今時分の井戸端には、亭主を送り出した女房や刻限に追われることのない者たちが集まるのがいつものことだった。

文政《ぶんせい》元年（一八一八）の十一月二十日である。

文化《ぶんか》十五年となったこの四月、元号が文政に改まったのだが、十一代目になる徳川家斉《とくがわいえなり》は、三十一年にもわたって将軍職に在位し続けていた。

「今朝、辰之助さんは早くに出掛けたんじゃないの」

お富が、釣瓶《つるべ》の水を洗い桶《おけ》に注ぎながら問いかけた。

「庭木の手入れ先が、赤坂《あかさか》の方の武家屋敷だったもんだからさぁ」

茶碗を濯《すす》ぎながら返答したお啓は、

「たまに早出があると、七つ（午前四時頃）には起きないと朝餉《あさげ》の支度ができないから困っちまうよぉ」

口では愚痴《ぐち》をこぼしながらも、嫌気を起こしているわけではないことは、お勝はとっくに承知している。

辰之助の親方の家は、先々代の頃から上野黒門町《うえのくろもんちょう》にあり、客の多くが上野、根津《ねづ》、湯島《ゆしま》、本郷《ほんごう》にあったから、長屋を早く出ることはめったになかった。

ところが近年、得意先の商家が、別宅や主《あるじ》の隠居所を遠隔地に建てることが多くなり、江戸の南の白金村《しろがねむら》、西の大久保《おおくぼ》や柏木《かしわぎ》、東の亀戸村《かめいどむら》へ行くことも、月に一度くらいはあるという。

「親方の元を出て、自分で植木屋の看板を掲《かか》げれば仕事先も選べるのにさぁ」

ため息交《ま》じりに口にしたお啓は、濯いだ茶碗や箸《はし》を笊《ざる》に並べた。

「親方からは独り立ちを勧められてるんじゃなかったのかい」

お勝が、以前、お啓から聞いていたことを口にすると、

「だったら、早いとこ『植木屋　辰之助』の看板をおっ立てればいいじゃないか」

二十代半ばになる小太りのお富が、三十路《みそじ》を超えたお啓をけしかけた。

「あたしだってそう言ってるんだけど、当の本人が二の足を踏んでるんだよ」

「どうして」

「独り立ちしてやっていけるかどうかって、用心深いというか、踏ん切りがつけられなくて、臆病《おくびょう》なんだよ」

お啓は、お富にそう答えた。

「いやぁ、辰之助さんは、堅実なのさ。人柄がそうじゃないか」

お勝は、普段感じている辰之助評を、正直に口にした。

「わかってるけどさぁ、あぁまで堅すぎると、面白みってもんがないじゃありませんか」

口を尖《とが》らせると、お啓はお勝に向かい、右手で虚空《こくう》を軽く叩いた。

路地の方から足音が近づいてきて、

「おはよう」

岩造が、井戸端の女たちに威勢のいい声を掛けた。

「火事がないときくらいは朝寝をしたいんだがね」

岩造が女たちに顔をしかめてみせると、

「朝から、鳶頭《とびがしら》の家に集まることになってるらしいんだよ」

お富が言い添えた。

「それじゃおれは」

岩造は火消し半纏《ばんてん》の裾《すそ》を翻《ひるがえ》して長屋の木戸を潜《くぐ》って表通りへと歩き去った。

「おはようございます」

朝餉に使った茶碗や箸などを入れた鍋《なべ》を手にして現れたのは、手跡指南所《しゅせきしなんじょ》の師匠、沢木栄五郎《さわきえいごろう》である。

「沢木さん、わたしが洗っておきますから、ここへ置いてってくださいよ」

「いやぁ、そんなことは」

「遠慮なく」

お勝が栄五郎の鍋に手を伸ばすと、

「おっ母さん、お師匠様のものは、わたしが洗う」

お妙が鍋を横取りした。

「いやいや、お妙ちゃんにそんなことはやらせられないよ」

「いいんです」

お妙は、慌《あわ》てて鍋を取り戻そうとする栄五郎から、鍋を隠した。

「さすがに沢木さんのお弟子だ。お妙ちゃん偉い」

お啓に褒《ほ》められたお妙は、我が家の洗い物をお勝に押しつけて、栄五郎の茶碗を喜々《きき》として洗い始める。

「腹のやや子は大事ないのかい」

お富が声を掛けた方に眼を向けると、洗濯物を放り込んだ盥《たらい》を抱えたおたかが、息子の弥吉《やきち》を伴《ともな》って近づいてくるのが見えた。

「いつも気を使っていただいて」

井戸端に来るなり、みんなに軽く頭を下げた。

「おたかさん、掃除でもなんでも、手が要《い》るようなときは遠慮しないで声を掛けておくれよ。万一転びでもしたら大ごとだからね」

お啓も労《いたわ》りの声を掛ける。

「無理するのはいけないが、普段はこまめに動いた方が、後々産むときが楽だとも言うからね」

「はい。弥吉を孕《はら》んだときに、産婆《さんば》さんにそんなことを言われました」

おたかは、お勝の意見に頷《うなず》いた。

「そういうもんかねぇ」

感心したような声を出したお啓は、お富と顔を見合わせた。

この二人に、子はいないのだ。

「しかし、いずれ弥吉坊は兄ちゃんになるんだね」

「楽しみだろう」

お啓とお富から続けざまに声を掛けられた弥吉は、「うん」と答えて笑みを浮かべた。

「兄ちゃんになるのなら、弥吉ちゃんは読み書きを覚えなきゃね」

洗い物をしながら、同い年のお妙が、姉さんぶった物言いをした。

「お妙ちゃんと一緒に、沢木さんの寺子屋《てらこや》に通えばいいんだよ」

お富が声を張り上げると、

「おいら、寺子屋には行かねぇ」

怒ったような声を出した弥吉は、くるりと背中を向けて、路地の右側の家の中に駆け込んだ。

「すみません。前にも指南所行きを勧めたことがあったんだけど、そのときも、今みたいに怒ってしまって」

苦笑いを浮かべたおたかは、お富やお妙に詫《わ》びるように、小さく頭を下げた。

お勝が番頭を務める質舗《しちほ》『岩木屋《いわきや》』は、根津権現社《ねづごんげんしや》の南側に当たる根津権現門前町《ねづごんげんもんぜんちよう》にある。

『ごんげん長屋』があるのも根津権現門前町だから、ひとつの町としてはかなり広い方である。

千年以上も前、日本武尊《やまとたけるのみこと》が東征《とうせい》の際、武運を念じて千駄木《せんだぎ》の地に創建《そうけん》したのが根津権現社の縁起《えんぎ》と言われている。

その後、江戸に幕府が開かれると、徳川将軍家の手厚い保護もあって、祭礼や縁日、四季折々の行楽《こうらく》には多くの人々が訪れる名所になっていた。

先月は紅葉《もみじ》見物で賑《にぎ》わっていた根津権現社界隈《かいわい》は、このところ落ち着いている。

慌ただしくなる師走《しわす》を前に、息をひそめているのかもしれない。

今朝、お妙とともに井戸端で洗い物を済ませたお勝は、六つ半（午前七時頃）過ぎに『ごんげん長屋』を出た。

『岩木屋』に着いたお勝は、他の奉公人たちと開店の支度を整え、五つ（午前八時頃）の時《とき》の鐘《かね》が鳴るのと同時に、店の大戸を開けた。

その直後から、質入れの客や、質草《しちぐさ》を引き取ろうという客が立て続けに駆け込んできた。

質草の出し入れがいつもより多いのは、時節柄である。

その慌ただしさは、一刻半（約三時間）ばかり続いて、やっと落ち着いたところである。

帳場に座り込んだお勝は、帳面と引き比べながら、紙縒《こよ》りの先に質入れをした人の名と、預かった日付を記している。

その紙縒りを板張りに並べた品物に結びつけ終わると、手代《てだい》の慶三《けいぞう》と蔵番《くらばん》の茂《も》平《へい》が、帳場の奥の蔵に運び入れるというのが、いつも変わらぬ仕事の手順である。

余った紙縒りを束《たば》ねて帳面を閉じ、筆を硯箱《すずりばこ》に置いたとき、

「ごめんよ」

外から男の影が土間に入ってきた。

「おいでなさいまし」

お勝が声を出して帳場を立ち、土間近くに膝《ひざ》を揃《そろ》えた。

黒い布で何かを覆《おお》ったものを抱えた四十ほどの男は、ふくよかな顔に微笑《ほほえ》みを湛《たた》えてお勝の前に立った。

「これは、おいでなさいまし」

蔵に行っていた慶三が戻ってきて、お勝の脇に座り込んだ。

「珍しい鳥を預けたいのですがな」

顔を突き出した四十男は、目尻を下げたまま声をひそめた。

「しかし、生き物は」

そう言いかけた慶三に構わず、四十男は黒い布を剝《は》ぎ取ると、鳥籠《とりかご》を板張りに置く。

籠の中には、止まり木にちょこんと止まった一羽の鳥がいた。

色合いや大きさから、百舌《もず》に似ている。

「うちの者が言いかけた通り、わたしどもでは、生き物は」

「これは、遠く北の異国から飛来する冬鳥のアトリなどと並ぶ、洋鳥《ようちょう》でしてな」

四十男は、お勝の物言いなどお構いなく、籠の鳥を自慢げに指し示すと、

「これを買いたいというお人がいるのだが、鳥小屋が出来るまで半月ほど待ってほしいと頼まれましてな。しかしあいにく、わたしはわたしで江戸を離れて珍鳥

探しの旅に出なければならん。それで仕方なく、こちら様に預かってもらおうと決意した次第なのじゃよ」

人の好《よ》さそうな男の言い分には、もっともと思える節《ふし》がある。

このところ江戸は、武家や商家、数寄者《すきしゃ》の間で洋鳥を飼うことが流行《はや》っていた。

「珍重な洋鳥ゆえ、そうじゃな、三十両で預かってもらいたい」

「それは高すぎます」

お勝は鳥を預かるつもりはなかったが、あまりの言い値に、思わず声が出てしまった。

「ならば、二十五両ではいかが。これ以上の値引きはできませんな」

四十男は、悪びれることなく畳《たた》みかけてきて、

「何せ、ある人によれば、この鳥は、本来なら夏に飛来して、冬場は南国に帰るのだが、どうやら我が国にとどまってしまった洋鳥のようです。しかも、誰にも捕まらず、生きながらえていたことから、おそらくは、千代田《ちよだ》のお城の公方《くぼう》様のお側近くで飼われていた、ノゴマだと思われるそうです」

四十男の囁《ささや》く声は、最後の辺りは消え入りそうになった。

「それはなぜ」

尋ねた慶三も、声をひそめた。

「預かって三日になりますが、めったに鳴くことはないのだが、たまに鳴くその声は、なんとチッチチッ。これはどうも、千代田のお城を懐《なつ》かしんで、チヨチヨチヨと鳴いているのだと思われるのです」

真顔で囁いた四十男は、言い終わると大きく頷いた。

「せっかくのお越しですが、わたしどもでは生き物は預からないことになっておりますし、そのような貴重なお鳥様など恐れ多く、あいすいませんがご遠慮申し上げます」

お勝は、恭《うやうや》しく頭を下げた。

「二両でもよいが」

四十男が大幅に値を下げたとき、

『ピッ、クエーッ！』

籠の鳥がけたたましく鳴いた。

「チヨチヨチヨじゃありませんね」

慶三が不審そうな物言いをすると、

「他を当たるっ」

突然怒声《どせい》を発した四十男は、鳥籠を布で覆うと、足早に表へと飛び出していった。

その直後、表から『ピッ、クエーッ！』という鳴き声が続けざまに聞こえたが、やがて遠のいた。

「今のは、サシバの鳴き声だったわねぇ」

そう言いながら土間に入り込んできたのは、お勝の幼馴染《おさななじ》みの近藤沙月《こんどうさつき》である。

「おや、何ごとよ」

帳場に戻りかけていたお勝が、立ったまま声を掛ける。

「主人の妹が、新寺町《しんてらまち》の嫁《とつ》ぎ先で二人目の子を産んだものだから、お祝いの品物を届けに来た帰りなの」

「あぁ、新寺町の仏具屋さんだったねぇ」

「よく覚えてること。さすがに質屋の番頭さんだけのことはある」

そう言って微笑むと、沙月は土間の上《あ》がり框《がまち》に腰を掛けた。

日本橋亀井町《にほんばしかめいちょう》で香取神道流《かとりしんとうりゅう》を指南する近藤道場の一人娘として生まれた沙月は、門弟《もんてい》だった筒美勇五郎《つつみゆうごろう》を、十八年前、婿養子《むこようし》に迎えていた。

沙月の父の死後、勇五郎が道場主になったのである。

「沙月ちゃん、ここに入りながら、サシバの鳴き声だとかなんとか言ってたけど」

「すれ違った男の人が提《さ》げてた黒いものの中から、鳥の鳴き声がしたのよ。それが、サシバの鳴き声に似てたものだから」

沙月は、気にするふうもなく返事をした。

「サシバといいますと」

慶三が、軽く身を乗り出した。

「夏、渡ってきて、秋の終わりには南の方に帰っていく鳥だけど、帰りそびれたのかしらね」

表の方に眼を遣《や》って、訝《いぶか》しそうに首を傾《かし》げた。

「番頭さん、なんなら門前の『三春屋《みはるや》』さんにおいでになったらどうです。何かあれば呼びに行きますから」

慶三が、根津権現社の惣門横町《そうもんよこちょう》にある甘味処《かんみどころ》の名を口にした。

「沙月ちゃん、甘い物でもどう」

「お茶も飲みたいし、いいわね」

沙月は、笑顔で腰を上げた。

二

『三春屋』は、根津権現社と神主屋敷《かんぬしやしき》の間の惣門横町にある。

権現社内に聳《そび》える大木が通りにまで枝を広げており、夏場は葉が茂るので、日除《ひよ》けになって涼しいのだが、いかんせん、店の中は年中薄暗い。

お勝と沙月は、店の奥の、外光を浴びた障子戸近くの床几《しょうぎ》に腰掛けて、運ばれたばかりの羊羹《ようかん》を口にしている。

「十月の頭、道場近くに来ていながら、うちに寄らなかったでしょう」

ついさっき、『岩木屋』を出た途端、お勝は沙月に文句を言われた。

二親《ふたおや》と兄の命日に、深川《ふかがわ》の要津寺《ようしんじ》に墓参りに行った帰りのことだった。

「この前、小伝馬町《こでんまちょう》でばったり銀平《ぎんぺい》さんに会ったら、お勝ちゃんが来てたって言ってたもの」

沙月が口にした銀平というのは、三つ年下の幼馴染みで、今では馬喰町《ばくろちょう》で目明《めあ》かしを務めている男である。

墓参りの帰りに、実家のあった馬喰町に立ち寄るのはいつものことだったが、先月は、早めに根津に戻らなければならなかったので、半ば素通りをしてしまった。

「どうせ会うなら、バタバタしてないときに、ゆっくり会いたいじゃないの。だから失敬したのよ」

お勝は言い訳を口にしたが、それは本心だった。

「わかった。許してあげる」

沙月のさっぱりとした気立てが幼い時分から変わらないのは、お勝には気が楽だし、嬉しいことだった。

店の小女《こおんな》が二人の湯呑《ゆのみ》に茶を注ぎ足して行くと、

「そうそう」

と、沙月が思い出したように声を出して、お勝に顔を向けた。

「お勝ちゃんが十六のときに奉公に上がったのは、旗本の建部《たてべ》様のお屋敷だったかしらね」

「そうだけど」

お勝は、何ごとかという顔で沙月を見た。

「建部家の用人《ようにん》と仰《おっしゃ》るお方が、道場にご挨拶《あいさつ》に見えたのよ」

「どうしてまた」

お勝は思わず口にした。

建部家の用人と聞いて思い浮かぶのは、崎山喜左衛門《さきやまきざえもん》しかいない。

「父が生きていた時分から数年前まで、建部家のご家来や親戚筋のご子息が道場に通っていらしたから、近くに来たついでにと、初めて挨拶に立ち寄られたの。建部家のご用で、信濃小諸藩《しなのこもろ》の牧野《まきの》様のお屋敷に行った帰りだとかで」

話によれば、挨拶に立ち寄った喜左衛門はお勝と沙月が幼馴染みだということを知っていて、幾度となく『奇縁だ』と口にして顔を綻《ほころ》ばせていたという。

六日前、十八年ぶりに対面した喜左衛門の口から、沙月が幼馴染みということを知っていると聞かされて、お勝はいささか驚いたばかりだった。

奉公していた建部家から身を引いて、すでに十八年になる。

ここへきて、身辺に崎山喜左衛門が姿を現したことは偶然だろうか。

店を閉める七つ半(午後五時頃)が近づくと、『岩木屋』の表通りからは明るみが消えていく。

この刻限になると、修繕係の要助《ようすけ》は蔵番の茂平と蔵の整理に取りかかり、お勝と慶三は帳場周りの片付けをするのが常だった。今日は、他に所用がないと言って、主の吉之助《きちのすけ》も板張りの火鉢《ひばち》の灰を均《なら》したり、置かれた質草を片隅に並べたりしている。

「おや、番頭さんが、珍しくため息だ」

吉之助がからかうような声を発した。

算盤《そろばん》を置いて帳面を閉じた途端、思わずため息をついてしまったのを気づかれたようだ。

「番頭さんは、昼からときどきため息をついてるんですよ」

箒《ほうき》で土間を掃《は》きながら、慶三が吉之助に応じた。

「来月の師走を過ぎたら、またひとつ年を取るのかと思ったら、なんだか嫌んなりましてね」

お勝は笑ってみせたが、それは咄嗟《とっさ》の言い逃れだった。

昼前、久しぶりに顔を合わせた沙月に隠しごとをしたことで、少し胸が疼《うず》いていたのだ。

建部家で女中奉公をしていたとき、主、建部左京亮《さきょうのすけ》の手がついて、お勝は男児を産んだ。建部家で初の男児として生まれたその子は市之助《いちのすけ》と名付けられたのだが、左京亮の正室から横槍《よこやり》が入り、我が子と引き離されたお勝は、結局、建部家から放逐《ほうちく》された。

その建部家の用人、崎山喜左衛門と対面した六日前、市之助は十九になり、元《げん》服《ぷく》してからは源六郎《げんろくろう》と名乗っていることも知らされた。

さらに、お勝が屋敷を去って数年後、側室に男児が誕生して以来、正室と側室の間には建部家の後嗣《こうし》問題が不気味にくすぶっているという。

喜左衛門が対面を望んだのが、市之助の様子を知らせ、同時に建部家の内情を聞かせるためだとしても、お勝に動揺はなかった。

わたしには関わりのないこと――お勝は、対面した喜左衛門に、はっきりとそのような言葉を口にしていた。

小さい時分から何ごとも話せた沙月に、このことを口にできなかったことが、お勝の気を少し重くしていたのである。

質舗『岩木屋』の勝手口から通りに出たのは、日が沈んでから四半刻ばかりが経った時分だった。

「それじゃここで」

一緒に出た慶三は、お勝に声を掛けると、車曳《くるまひ》きの弥太郎《やたろう》と並んで根津権現社の方へ歩いていった。根津裏門坂《ねづうらもんざか》の方に新手の飲み屋を見つけたのかもしれない。お勝は、神主屋敷沿いに根津宮永町《ねづみやながちよう》の方へと足を向けた。

屋敷の塀《へい》が途切れる角地に差しかかると、腰の刀を手で押さえた袴《はかま》の侍が、足音を立てて四《よ》つ辻《つじ》に走り込んできた。

藍染川《あいそめがわ》の方からやってきた三十半ばと思《おぼ》しき侍は、四つ辻からまっすぐに延びる道にも、左右に延びる道にも眼を走らせたが、捜すものは見つからないのか、お勝の脇を根津権現社の方へと駆けていった。

辺りにほんの少し明るみはあるが、五間《けん》（約九メートル）も離れれば人の顔つきは判別できないほどの黄昏時《たそがれどき》である。

根津宮永町の方へと足を向けたお勝は、四つ辻から右手に延びる道に、武家地の小路《こうじ》から人影がそろりと出てくるのに気づいた。

侍が走り去った方をさりげなく窺《うかが》った人影が、

「お。お勝さんでしたか」

お勝の方に体を向けた。

煮汁の染み出た紙包みを手に提げた人影の顔が、近くの商家から洩《も》れる明かりに浮かび上がった。

「これは、沢木さん」

「お勝さん、お仕事の帰りですか」

沢木栄五郎は笑みを浮かべた。

「沢木さんもお帰りなら、ご一緒に」

「ええ」

栄五郎は誘いに応じると、根津権現門前町と武家地に挟まれた通りを鳥居横《とりいよこ》町《ちょう》の方へ、お勝と並んで歩《ほ》を進めた。

四つ辻をひとつ通り越した先が堀沿いの鳥居横町で、そこを左に曲がれば『ごんげん長屋』は眼と鼻の先である。

表通りから『ごんげん長屋』の木戸を潜ったお勝と栄五郎は、人気《ひとけ》のない井戸端に近づいた。

長屋の路地にこぼれる明かりや表通りから微《かす》かに届く明かりもあって、六つ（午後六時頃）を過ぎたとはいえ、井戸端は真っ暗ではない。

「弥吉じゃないか」

お勝は、路地から立ち上がった小さな人影に声を掛けた。

井戸端の傍《そば》にある自分の家の前で立ち上がった弥吉の右手には、小さな棒切れが握られている。

「何か書いてたのかい」

お勝は地面に顔を近づけたが、字なのか模様なのか判然としないものが書いてあった。

「書きたい字があったら、言うといい。ここに書いてみせるぞ」

栄五郎がそう申し出たが、弥吉は何も言わず、逃げるように家の中に飛び込んだ。

「誰の声かと思ったら、先生も」

弥吉の母親のおたかが、戸口から笑顔を突き出した。

「弥吉坊が暗がりで、なんだか、字らしいのを書いてたもんだから」

お勝の言葉に、おたかは意外そうな顔をした。

指南所行きを勧めたときは怒ったように拒《こば》んだ弥吉が、字を書いていたということが、おたかには腑《ふ》に落ちないでいるようだ。

「それじゃ」

おたかは、戸惑ったような顔で家の戸を閉めた。

『ごんげん長屋』は、九尺二間《くしゃくにけん》と、九尺三間の棟割《むねわり》長屋が二棟、路地を挟んで向かい合っている。

お勝と栄五郎が路地の奥へと向かうと、九尺三間の棟の中ほどにある家から、お勝の息子の幸助《こうすけ》と娘のお妙が路地に出てきた。

「お帰り」

お妙が声を掛けると、

「やっぱりお師匠様の声だった」

と、幸助が続け、「誰かと話してなかったかい」とも尋ねた。

「いやぁ、弥吉が続け、「誰かと話してなかったかい」とも尋ねた。

「お前たち、弥吉坊が字を覚えたいと思ってるのかどうか、知らないかい」

お勝はふと気になったことを、栄五郎の言葉に続けて子供たちに投げかけた。

「わたしはそんなこと聞いたことはないけど」

お妙は首を傾げる。すると、

「ほんとは瑞松院《ずいしょういん》の手跡指南所に行きたいらしいけど、お金がかかるからって、我慢してるんだ。うちは貧乏だからなって、いつだったか、弥吉がそう言った」

幸助が淡々《たんたん》と口にした。

「お師匠様、指南所じゃなく、長屋に戻ってから、弥吉ちゃんに字を教えてあげられませんか」

お妙は、栄五郎を見上げると真顔で問いかけた。

一瞬、ふと考えた栄五郎は、

「お妙ちゃん、それはできないよ」

と、微笑みを向けた。

しかし、思いもしない答えだったのか、お妙は不満げにそっと口を尖らせた。


『ごんげん長屋』には夜の帳《とばり》が下りている。

表通りから少し奥まったところにある長屋は、どこも時分どきらしく、静かだ。岡場所のある花街《かがい》らしく、表の通りを行き交《か》う足音が微かに届くこともあれば、近隣の料理屋辺りからは太鼓《たいこ》や三味線《しゃみせん》の音が風に運ばれてくることもある。

行灯《あんどん》がともる茶の間で、お勝は十《とお》になる幸助と箱膳《はこぜん》を並べ、向かいには七つのお妙が姉のお琴《こと》と並んで夕餉を摂《と》っていた。

日が落ちると、寒さが身に染みる時節だが、夕餉を摂る四人の近くに置かれた火鉢では、鉄瓶《てつびん》がゆらゆらと湯気を立ち上らせている。

「今日のひじきの煮たの、美味《おい》しいじゃないか」

お勝が感心した声を出すと、

「うん、美味《うま》い」

幸助が、ご飯を掻《か》き込みながら、ほとんど感情の籠《こ》もらない声を発した。

「お啓さんやおよしさんに、いろいろと教わってるから」

お琴は、『ごんげん長屋』の住人の名を口にした。

およしというのは、隣の家で刃物の研《と》ぎを生業《なりわい》にしている彦次郎《ひこじろう》の女房の名である。

『岩木屋』の番頭を務めるお勝は、毎日家を出る。

だから、長屋に残って掃除や洗濯など、家の用事をこなしているのが、今年十二になるお琴だった。

朝餉はお勝が作れるのだが、『岩木屋』の仕事を夕刻まで勤めなければならず、どうしても夕餉はお琴に頼ることになる。

そのことに不平を言うどころか、お菜作《さいづく》りに意欲を持って臨《のぞ》んでいるのがなんとも頼もしい。

「お妙、どうしたんだよ」

突然、幸助が口を開いた。

「何が」

返事はしたものの、お妙の顔には不満の色がこびりついている。

「あんた、さっきから、なんにも喋《しゃべ》らないじゃない」

お琴はやはり、お妙の異変に気づいていたようだ。

「喋らないし、むすっとしてるし、キビが悪い」

幸助が、お妙の方をチラリと睨《にら》んだ。

「言いたいことがあるなら、胸に溜《た》めない方がいいんだよ」

箸を動かしながら、お勝はさらりと投げかけた。

すると、静かに箸を置いたお妙が、お勝を見て背筋を伸ばし、

「おっ母さん、さっき、お師匠様が弥吉ちゃんに字を教えないって返事したけど、お金を払えない子には教えたくないんだろうか？」

悲しげな声で問いかけた。

「そんなことはないと思うけどね」

お勝は、少し慌てた。

「沢木先生が、そんなことを、ほんとに口になすったの？」

お妙に問いかけたのは、お琴である。

「さっき、聞いた」

お妙が返事をすると、お琴はお勝に眼を向ける。

弥吉のために長屋で字を教えることはできないと、栄五郎がそう口にしたのを耳にしていたお勝は、小さく頷いた。

「お師匠様は、貧乏なうえにケチなんだな」

一人合点《がてん》して声を発した幸助は、がつがつと飯を掻き込んだ。

「わたし、お師匠様のこと、少し、嫌いになった」

お妙はそう言うと、小さな首を少し前に折った。

三

八つ半(午後三時頃)を過ぎた時分の『岩木屋』は静かだった。

板張りの火鉢に掛かった鉄瓶からはのんびりと湯気が立ち上っている。

その板張りには、掛け軸や花器《かき》、小さな仏壇や衣桁《いこう》が置かれ、底の浅い木箱には、鼠色《ねずみいろ》や白の丸められた褌《ふんどし》が三枚、放り込んである。

帳場を離れたお勝と慶三、それに修繕係の要助が、並んだ品々を手にしたり、眼を近づけたりして、瑕疵《かし》の有無を調べていた。

お妙が、沢木栄五郎のことを、少し嫌いになったと口にした翌日である。

「番頭さん、これは」

要助の声に、お勝は小さな仏壇の傍に膝を進める。

「この、小さな疵《きず》ですがね」

要助が指し示した仏壇の側面に、お勝は顔を近づけた。

傍に置いていた帳面を開いたお勝は、何枚か紙を捲《めく》ったところで眼を留めた。

「根津権現門前町『庄兵衛店《しょうべえだな》』、儀平《ぎへい》さん。あ、その疵は、貸し出したときにはついてたもんだよ。ここに書いてある」

「これはよしと」

要助は、仏壇を板張りの隅に移動させる。

『岩木屋』は質舗だが、以前から、『損料貸《そんりょうが》し』もしている。

質流れになって蔵に眠る質草を、貸し賃である損料を取って貸し出すのを『損料貸し』と言うのである。

一日だけ貸し出すこともあれば、物によってはひと月貸しも、半年貸しもある。

元のまま戻るなら決まった損料でいいのだが、貸していた間に疵がつけば、修繕代を貰《もら》うことになっている。

その瑕疵を見極めるのもお勝たち奉公人の仕事であった。

『岩木屋』では、褌も貸し出す。

褌の損料貸しを利用する男は結構やってくるし、常連もいる。

損料は一日六十文と高額である。

だが、白い晒《さらし》を買うのも高額であり、新品の褌は二百四十文もするから、手っ取り早く損料貸しを当てにするようだ。
三、四回借りるなら、新品の褌を買った方がよさそうに思えるのだが、『てめぇで洗濯するのは惨《みじ》めでいけねぇ』という輩《やから》は『岩木屋』のような損料貸しに現れる。
「ごめんよ」

障子戸を開けて土間に入ってきたのは、根津権現門前町の目明かし、作造《さくぞう》である。

「おいでなさいまし」

腰を上げたお勝は、土間近くに膝を揃えた。

「忙しそうだが、いいかね」

下っ引きを従えて土間に立った作造は、板張りに置かれた品物の数々を見て気遣《づか》った。

「戻ってきた品物に眼を通してただけですから。どうぞ、お掛けなさいまし」

お勝が勧めると、

「それじゃ遠慮なく」

作造は、下っ引きともども、框に腰を掛けた。

「後は大丈夫なようですから、蔵に運びます」

「そうしておくれ」

お勝が返事をすると、慶三は要助と手分けして品物を蔵に運び始めた。

「お勝さん、実はね、人捜しをしてるんだよ」

作造はそう切り出した。

それは、捕り物とはまったく関わりのない、ある侍からの依頼だという。

目明かしというのは奉行所に雇われているものではないので、他人様《ひとさま》の頼まれごとを引き受けるのに、なんの障《さわ》りもない。

「門前町の自身番《じしんばん》に、人品卑《じんぴんいや》しからぬお武家がおいでになって、大森源五兵衛《おおもりげんごべえ》という浪人を捜しているが、心当たりがないだろうかと尋ねられたのが二十日ほど前のことなんだよ」

作造は、ことの経緯《いきさつ》を話し始めた。

三年前、根津に来たときに大森源五兵衛なる者を見かけたのだが、そのときは声も掛けず、そのまま打ち捨てたのだと、人捜しの侍は打ち明けたという。

ところが、二十日ほど前、自身番に現れたときの侍は、

「なんとしても大森源五兵衛を捜し出さねばならぬことが出来《しゅったい》したので、ひと月前から、非番のときは根津界隈を歩いて、捜し回っているのだ」

と、鬼気迫る様相を示したと、作造は眉間《みけん》に皺《しわ》を寄せた。

三年前に見かけた浪人が今でも根津界隈にいるとは限らないが、侍の必死さに打たれた作造は、折に触れ、方々の長屋をはじめ、質屋や口入《くちい》れ屋《や》を回って、大森源五兵衛捜しの手伝いをしているのだと、苦笑いを浮かべた。

「大森源五兵衛ですか」

要助とともに蔵から戻っていた慶三が、名を呟《つぶや》いて首を傾げた。

「何年も前の帳面を引っくり返さないとなんとも言えませんが、この一、二年では、そんなお名に心当たりはありませんが」

お勝は控えめに返答すると、慶三が小さく相槌《あいづち》を打った。

「そのご浪人を捜し当てたら、親分はどこに知らせることになってるんです？」

「非番のときにはこっちに来るから、自身番に立ち寄るということなんだがね」

作造は、お勝の質問にそう答えた。

「しかし、なんとも茫洋《ぼうよう》とした話じゃありませんか」

そう口にした要助が、片手で自分の頬《ほお》を撫《な》でた。

「親分」

恐る恐る声を出したのは、作造の下っ引きの久助《きゅうすけ》である。

「なんだ」

「二十日ほど前、自身番に来たとき、そのお侍は、捜している浪人を初めて見かけたのは、上屋敷の使いで根津のお屋敷に来た三年前だと言ってましたぜ」

「うん」

ふと遠くを見やった作造は、思い出したように小さく頷いた。

「使いの帰りに、藍染川に架かる小橋の手前で、美作勝山《みまさかかつやま》藩、三浦《みうら》家下屋敷横の坂道を下ってきた大森源五兵衛を見たとも口にしたんでやす」

「そうだったな」

作造は胸の前で両腕を組んだ。

「藍染川を不忍池《しのばずのいけ》の方に歩いてきたのなら、人捜しの侍は、根津権現社の北にある小笠原《おがさわら》家のお屋敷に来た帰りだったんじゃありませんかねぇ」

「いや、慶三さん、小笠原家なら、神主屋敷の西側でしょう」

慶三の言葉に、要助が口を挟んだが、すぐに、

「神主屋敷の隣は播磨安志《はりまあんじ》藩の小笠原家だよ」

作造は異を唱《とな》え、根津権現社の北にあるのは、慶三の言う通り、豊前小倉《ぶぜんこくら》藩、小笠原左京大夫《さきょうのだいぶ》家のお抱え屋敷だと断じた。

「根津権現社の西側には、掛川《かけがわ》藩や丸岡《まるおか》藩のお屋敷もありますが、そこへは本郷通りから行く方が坂を上らなくて楽ですから、浪人捜しのお侍は、やはり、豊前小倉の小笠原様のお屋敷にいらしたのかもしれませんね」

お勝が考え考え口にすると、

「昨日、日が落ちてから再びおれを訪ねてきた浪人捜しのお侍は、大森源五兵衛に似た浪人をまた見つけたものの見失ったと言って帰っていったから、まだ、この辺りに住んでいると思えるんだがね」

そう口にした作造は、ふうと息を吐いた。

「昨日ですか」

思わず、お勝は作造の方に身を乗り出した。

「根津権現社近くまで追っていったらしいよ」

「その、大森源五兵衛の年恰好《としかっこう》はどのような」

お勝は、さりげなく作造に尋ねた。

「そうだね。『岩木屋』のみんなにも知っておいてもらった方がいいかもしれねぇ。捜している侍が言うには、自分より五つ上の四十で、背は五尺七寸（約百七十センチ）ほど、胸板の厚いがっちりとした体格で、面長《おもなが》だそうだ」

作造が口にした浪人によく似た人物に、お勝は思い当たった。

昨日の黄昏時、根津権現門前町の四つ辻の暗がりから姿を現した、沢木栄五郎のことである。


『ごんげん長屋』の井戸端に出たところで、お勝はふと足を止めた。

見上げると、月が冴《さ》え冴《ざ》えと輝いている。

一瞥《いちべつ》しただけで、すぐに歩を進めた。

仕事を終えて『ごんげん長屋』に帰ると、

『折り入って話があるから、夕餉の後、家に来てもらいたい』

という大家の伝兵衛《でんべえ》の言付けを、お琴の口から聞いていた。

「伝兵衛さん、勝ですが」

家の戸を開けて声を掛けると、すぐに姿を現した伝兵衛が、お勝を茶の間に上げた。

炭火のある長火鉢《ながひばち》を挟んで座り込むとすぐ、

「実は、沢木栄五郎さんのことなんだよ」

伝兵衛が、密《ひそ》やかな声で口を開いた。

『あ』と、声を出しそうになったが、お勝は落ち着いてとどめた。

「今日の昼前、目明かしの作造親分が来て、根津一帯で、浪人を捜しているということだったんだがね」

伝兵衛の話から、浪人捜しをすることになった顚末《てんまつ》は、作造が『岩木屋』で話した内容と同じであった。

「そのことなら、今日の夕方近くに作造親分が『岩木屋』に見えて、浪人捜しのことは伺《うかが》いましたよ」

質屋や口入れ屋の他に長屋を回っているのだと言っていた作造の話は、どうやら誇張《こちょう》ではなかったようだ。

「それで、『岩木屋』さんじゃ、そんな浪人に心当たりはあったのかね」

「いえ。わたしも店の者も、誰一人心当たりはありませんし、質入れの帳面にもそんな名はありませんでした」

お勝は、正直に返答した。

すると、

「うぅん」

と、小さく唸《うな》った伝兵衛が両腕を胸の前で組むと、思案するように顔を俯《うつむ》けて、一、二度首を捻《ひね》った。

「伝兵衛さん」

訝るように声を掛けると、

「お勝さん、わたしゃどうも、大森源五兵衛という浪人は、沢木さんのことじゃないかと思えるんだよ」

組んだ腕を弾《はじ》かれたように解いた伝兵衛は、火鉢の上に身を乗り出すようにして、密やかに切り出した。

作造の話を聞いた後、大森源五兵衛というのは栄五郎のことではないかという思いに駆られていたお勝は、伝兵衛の推察に言葉を失った。

「それは、どうして――」

　やっとのことで、お勝が尋ねた。

「聞いた年恰好といい、体つきといい、似てるんだよ」

　伝兵衛が口にしたのは、お勝が抱いた感想と同じだった。

「作造親分と下っ引きの話から、大森某《なにがし》を捜しているのは、どうやら、小倉藩小笠原家の家中の侍らしいということでしたが」

　お勝がそう言うと、

「やはりね」

　伝兵衛は呟いて、長火鉢の引き出しから綴《と》じ込《こ》みの冊子を取り出した。

「十年前、店借《たながり》に来た沢木さんから貰った証文だよ」

　お勝の前に証文をかざした伝兵衛が、書かれた一文を指で示し、

「豊前国、浪人、沢木栄五郎」

　伝兵衛が口にした通りの文字が、証文に記されていた。

「小倉藩は、豊前国にあるんだ。つまり、捜しているお侍が小倉藩小笠原様のご家中とするなら、何かと辻褄《つじつま》が合うんだよ」

「でも伝兵衛さん、沢木さんには、お国訛《くになま》りはないように思いますが」

「これは、生国《しょうごく》が豊前国というのではなく、豊前国にあるお家に仕《つか》えていたというふうな意味合いで、実のところは、江戸屋敷勤めだったのではなかろうか」

伝兵衛の推測には、なるほどと頷けたが、

「しかし、名が違いますが」

そう言って、お勝は冊子に眼を向けた。

「変えたのだと思うね」

「それはどうして」

「天竺浪人《てんじくろうにん》ということかもしれん」

「テンジク――それはいったい」

お勝は、訝るように伝兵衛に眼を向ける。

「海の彼方《かなた》に、唐《から》とか天竺とかいう異国があるんだ。天竺という名を逆さまに読めば、逐電《ちくでん》に似ていないかい。天竺、じくてん、逐電」

「それが何か」

「お勝さんは、逐電はわかるね」

「えぇ。急ぎ逃げて、姿を隠すことですが」

そこまで答えて、お勝は思わず息を呑《の》み、

「沢木さんが、逐電浪人だと伝兵衛さんは——」

最後の言葉は濁《にご》した。

「ただの逐電ならいいのだが、名を変えているということを思えば、もしかして、悪事を働いたり人を殺《あや》めたりして、お家を飛び出したのではないかなどと」

そこまで口にした伝兵衛は、己の推測に突如《とつじょ》怯《おび》えたものか、ぎゅっと口を閉じた。


西に日が沈むまでまだ半刻以上も間があるというのに、根津権現門前町の東方を流れる藍染川一帯は、翳《かげ》っている。

根津の西方には本郷の台地があって、他所《よそ》より早く、西日が遮《さえぎ》られる町なのだ。

大家の伝兵衛の家で沢木栄五郎のことを話し合った翌日、『岩木屋』を早めに出る許しを得たお勝は、藍染川に架かる小橋を渡ったところで、川沿いに南へと曲がった。

お勝は今朝、『ごんげん長屋』の出がけに栄五郎の家を訪ねていた。

今日の午後、手跡指南所のある瑞松院に伺いたい——そう申し出たのである。

できれば、手跡指南を終えて、子供たちのいなくなった時分に行きたいと伝え

ると、

「何ごとですか」

栄五郎に尋ねられたが、

「それは、お会いしたときに」

そう返答すると、訝りながらも申し出を受けてくれたのである。

臨済宗《りんざいしゅう》妙心寺《みょうしんじ》派の瑞松院は、両隣にある寺と並んで、藍染川に沿った道に面している。

山門《さんもん》を潜って境内《けいだい》に足を踏み入れると、正面に本堂があり、右手と奥の建物とは渡り廊下で繋《つな》がっていたが、人の姿はない。

お勝が、砂利《じゃり》を踏んでゆっくりと足を進めると、本堂の脇にある小さな棟の縁に栄五郎が姿を現し、

「まま、こちらへ」

縁に掛かっている階《きざはし》を手で指し示した。

お勝が階の途中に腰を下ろすと、栄五郎は縁に腰掛けて、両足を階に置いた。

「それでお勝さん、わたしにどのようなご用だろうか」

栄五郎は、よほど気になっていたのか、すぐに問いかけた。

「根津界隈で、大森源五兵衛という浪人を捜しているお侍がおります」

お勝は単刀直入に切り出した。

栄五郎は声もなかったが、腰掛けていた体がいきなり強張《こわば》ったようにお勝は感じた。

そして、小倉藩小笠原家の家中と思しき侍が大森源五兵衛を捜している経緯を、目明かしの作造から聞き、沢木栄五郎が豊前国に関わりがあるということも、大家の伝兵衛から聞いたとも打ち明けた。

「それで、この前、神主屋敷の四つ辻で、追ってきた三十半ばの侍から身を隠していた沢木さんの様子を思い出して、お話を伺おうと思ったのでございます」

お勝の声は穏やかで、ことさら栄五郎を問い詰めるような口ぶりではない。

だが、栄五郎は大きく息を吸い、そしてゆっくりと吐いた。

「そこまで知られているのなら、何も言いますまい。このまま、『ごんげん長屋』を出ていくことにしますよ」

「それは、どうして」

瞠目《どうもく》したお勝は驚きの声を上げた。

「お勝さん、わたしは、十年以上も前、公金を横領《おうりよう》したことが知れて、お家から放逐された身の上なんですよ」

淡々と口にした栄五郎が、小さく苦笑いを浮かべた。

そのとき、

「ほら、お師匠様がいるよ」

山門の方から、男児の声が響き渡った。

声の主は、幸助と一緒に瑞松院の手跡指南所に通う男児だった。

「この人が、お師匠様に会いたいってさっ」

山門を潜ってきた男児が連れてきた侍は、二日前、神主屋敷の四つ辻でお勝が見かけた侍に間違いなかった。

顔を強張らせた栄五郎が咄嗟に腰を上げて、この場を去ろうとすると、

「義兄上《あにうえ》、我が父源蔵《げんぞう》が、ひと月前に身まかりましてございます」

侍が、ありったけの大声を発すると、栄五郎の足が縁で止まった。

「非番のたびにこの一帯を聞き歩いた末、ようやく、手跡指南所のお師匠が、義兄上の姿形に似ているということに辿《たど》り着いたのです」

その声を聞いて、栄五郎は、両足を踏ん張って立つ侍に、ゆっくりと顔を向けた。

「父は、義兄上との間に起きた一切を打ち明けた六日後に、息を引き取りました。何も知らなかったわたしは、なんとしてもお詫びをしなければと、三年前に見かけた根津周辺を捜し回っておりました」

侍は、言い終わると同時にがくりと頭《こうべ》を垂れ、大きく両肩を動かして息を継《つ》いだ。

四

本堂脇にある広さ十四、五畳ほどの板張りの一室が、瑞松院の手跡指南所になっている。

障子一枚が開けられた板張りの部屋から、淡い西日の射《さ》す境内の一角が見える。あと半刻もすれば日が沈む頃おいである。

お勝は、向き合って膝を揃えている栄五郎と侍から少し離れて、部屋の隅に控えていた。

侍を案内してきた男児を瑞松院から帰した直後、

「この者は、杉原三十郎《すぎはらさんじゅうろう》と言いまして、離縁となった妻の実の弟です」

お勝は、栄五郎にそう聞かされた。

栄五郎は、話があるという三十郎の申し出を受け入れたが、お勝の同席を望んだ。

三十郎は躊躇《ためら》いを見せたが、質舗の番頭を務めるお勝は軽々《けいけい》に他言をするような者ではないという栄五郎の言葉に、首を縦《たて》に振ったのである。

「わたしは、豊前国小倉藩江戸上屋敷にて、小納戸方《こなんどかた》を務めております」

部屋に入るとすぐ、お勝にそう告げた三十郎は、

「死の六日前に父から聞いたことも交《まじ》えながら、申し上げます」

と、落ち着いた声で話し始めた。

ことの起こりは、十一年前に遡《さかのぼ》るという。

小納戸方として江戸屋敷に出仕《しゅっし》して二年が経ったとき、三十郎は、用品購入代金として用意していた五十三両を紛失《ふんしつ》したのだ。

どこかに紛《まぎ》れたものか、盗まれたものかは判然としなかったが、金を扱う三十郎の落ち度である。

杉原の家を継ぎ、嫁も迎えたばかりの三十郎は焦《あせ》った。

思い悩んだ末、三十郎は隠居した父、源蔵に打ち明けた。

それから十日ほど経った頃、源蔵が三十郎の前に五十三両を置いたのだ。

どこでどう工面《くめん》したかなどは何も言わず、

「杉原の家に万一のことがあっては、ご先祖に申し開きができぬ」

源蔵はそのとき、ただ一言、そう呟いただけだったのだと、三十郎は声を震わせた。

「ところが、あのときの五十三両は、義兄上が用立ててくだすった金子《きんす》だったのだと、病《やまい》の床に就《つ》いていた父から、聞かされました」

声を絞《しぼ》り出した三十郎は、両手を膝に置くと上体を前に傾《かたむ》けた。

栄五郎はただ、大きく息を吸い、そして吐いた。

「だが、そのときのわたしには、そのような大金の持ち合わせはなかった。友人知人を頼って駆け回ったがそれでは足りず、思い余って、公金の二十八両に手をつけてしまったのだよ」

栄五郎は呟くと、

「今思えば、いささか、無謀《むぼう》ではあったよ」

微かに苦笑を洩らした。

「それじゃ、沢木さんはその金子を返せずに――」

そう声にして、お勝は軽く身を乗り出した。

「ええ。父は、用立ててくだすった義兄上に少しずつ返してはいたのですが、勘《かん》定方《じょうかた》の検《あらた》めが間近に迫っていたのに、ついに残額の十二両をお返しできなかったのだと、臥《ふ》せった父は悔《く》やんでおりました」

掠《かす》れた声を出した三十郎は、さらに、

「用立てていただいてから一年が経ったとき、江戸屋敷勘定方の義兄上が、お備え金の十二両を私事に流用したとしてご家老や勘定奉行の調べを受けられたと聞きました。そのとき、義兄上は、その十二両は遊興《ゆうきょう》費《ひ》に使ったと、偽《いつわ》りを申し述べられたのです」

「三十郎殿、もういい」

「いえ」

三十郎は背筋を伸ばして、栄五郎に抗《あらが》った。

「ですが、義兄が横領の罪を着た一件が、わたしが紛失した五十三両と関わりがあるなど、その頃は知りもしませんでした。それゆえ、義理の兄が公金を横領したと知って、恨《うら》みました。杉原家に累《るい》が及ぶことになったらなんとするのかと、腹立たしく、激しく憎みました。大森という、義兄の家名が断絶と決し、姉は離縁となって、二人の子を連れて杉原の家に戻ることとなったときも、当然の報《むく》いだと、行方をくらませた義兄が、どこかで野垂れ死にしてくれとさえ――。ですから、三年前、根津で浪人姿の義兄を見かけたときは、恨み言のひとつも浴びせようかとさえ思ったのですが、声を掛けることもなく、そのまま打ち捨ててしまったのです」

俯いた三十郎は、膝に置いた両手で己の袴を握りしめ、

「父の口から出た昔語りに、わたしの体は震えが止まりませんでした」

と、声を掠れさせた。

しかも、父は義兄から借りた五十三両のうち、半分にも満たない二十五両しか返せなかったことも知って、三十郎は打ちのめされたという。

「にもかかわらず、義兄上は父に催促《さいそく》もなさらなかったというではありませんか」

「親戚に頼めばなんとかなると高《たか》を括《くく》っていたのだが、どうやっても最後の十二両が揃わなかったよ」

他人事《ひとごと》のように口にして、栄五郎はふっと、暮れゆく境内に眼を遣った。

「沢木さんは、どうして申し開きをなさらなかったのですか」

お勝は、栄五郎の気持ちが不可解だと思ったわけではない。

なんとなくはわかるのだが、それを確かめてみたかった。

「公金紛失の失態を犯《おか》した三十郎殿に、どんなお咎《とが》めがあるのかを恐れたのですよ。お役を解かれるだけならよいが、お家の断絶は避けたかった。新妻や義父源蔵殿の悲しみを思えば、わたし一人が罪を被《かぶ》ればよいと」

「妻子と離ればなれになってもですか」

お勝は静かに問いかける。

「わたしと別れることになっても、妻子が路頭に迷うことはなかったのです。実家の杉原家に戻れるなら、苦労はせずに済むと思って決断したのですよ」

栄五郎の気持ちは、お勝が推察したことと、ほぼ同じであった。

「義兄上、この通りです」

いきなり、三十郎が畳に額《ひたい》をこすりつけた。

「もし、源五兵衛殿と巡り会う折があったときは、お前から詫びをしてくれというのが、死の床に就いた父の切なる願いでした。どうか、どうか、わたしとども、お許しくださりますよう」

上体を折り曲げて畳に這《は》いつくばった三十郎の体が、小刻《こきざ》みに震え始めた。

日が沈んで四半刻ばかりが経った根津権現門前町の通りは灯《ひ》ともし頃《ごろ》となって

いる。

西の空に明るみは幾分残っているが、夜も開ける小商《こあきな》いの店や料理屋などからの明かりや、路傍《ろぼう》の軒行灯《のきあんどん》や雪洞《ぼんぼり》の明かりが通りを行き交う人を浮かび上がらせる光景は、色町《いろまち》を一層艶《なま》めかしく彩《いろど》る。

不忍池の方へ向かう三十郎と、善光寺坂《ぜんこうじざか》への上り口の辺りで別れたばかりのお勝と栄五郎は、そこからは眼と鼻の先にある『ごんげん長屋』へと向かっていた。

「わたしはこのまま、伝兵衛さんに会いに行きますよ」

長屋の木戸を潜ったところで、栄五郎は足を止め、

「天竺浪人ではないかと心配していたようですから、早く安心してもらわないと」

と、笑みを浮かべた。

「それじゃ、わたしもお供しましょう」

お勝は栄五郎に申し出ると、井戸端から三軒目の家の戸を開けて顔を突き入れた。

「わたしは大家さんのところに行くから、夕餉は先に食べてておくれ」

お勝の声に、「わかった」というお琴の声が返ってくるとすぐ、「腹が減った。

「早く早く」と急《せ》かせる幸助の声もした。

揃って伝兵衛の家に向かったお勝と栄五郎は、

「あ、待っていましたよ」

迎えに出てきた伝兵衛に続いて茶の間へと入り、鉄瓶の載った長火鉢の前に膝を揃えた。

お勝は昨夜、大森源五兵衛の一件を栄五郎に問いただしてみると、伝兵衛に言ってあった。

それで、伝兵衛は『待っていた』と口にしたのである。

お勝は、沢木栄五郎こと大森源五兵衛を捜していたのは、義弟の杉原三十郎だったこと、瑞松院の一室で対面した義兄弟の間で語られた、十一年前に起因する出来事のあらましを伝兵衛に伝えた。

すると、伝兵衛の口からは、深いため息がせつなげに洩れた。

「大森家が断絶となり、浪人になったのを機にわたしは大森の名を棄《す》て、母方の姓である沢木とし、栄五郎という友人の名を名乗ることにしたのです」

栄五郎は淡々と口にした。すると、

「その金子は、ご妻女《さいじょ》のご実家に用立てた事情を話せば、情状《じょうじょう》が汲《く》み取られて、再びの仕官が叶《かな》うのではありませんか」

伝兵衛は強い口調でそう言うと、栄五郎に顔を突き出す。

「今日、義弟も上申書を認《したた》めると口にしたのですが、それはやめるように言いました」

「どうしてまた」

伝兵衛は、のけぞるように背筋を伸ばした。

「そのときのことを持ち出せば、公金を紛失した義弟である杉原様の失態や、沢木さんが用立てた五十三両を返済できなかった杉原家のご隠居、源蔵様の一件まで晒《さら》すことになるのです」

「あ」

お勝の言葉に、伝兵衛が喉《のど》の奥で声を出した。

「今さら、杉原の家を貶《おとし》めることはできません。そんなことをしても、誰も幸せにはなりますまい」

栄五郎が笑みを見せてそう言うと、伝兵衛は黙って小さく頷いた。

「わたしはこの『ごんげん長屋』で十年、贅沢《ぜいたく》ではないが、不自由なく暮らしを立てています。今になって汚名を雪《そそ》ぐつもりなどないし、三十郎殿の家族や、三十郎殿が面倒を見てくれている、別れたわたしの妻子の暮らしに波風を立てるようなまねをするつもりはありません」

物言いは穏やかだったが、それがかえって、栄五郎の決意の固さを表している気がする。

伝兵衛も同じ思いだったようで、吐息を洩らしながらも、得心したように大きく頷いた。そして、

「ですが沢木さん、どうしてまた、小倉藩のお屋敷のあるこの近辺に住まわれたんですか。顔見知りもおいでになったでしょうに」

「本所《ほんじょ》の口入れ屋から、今、手跡指南所の師匠を求めているのは、谷中《やなか》の瑞松院しかないと言われて、『ごんげん長屋』に居を決めたのですよ」

栄五郎は、伝兵衛の不審に答えた。

そして、小倉藩十五万石は、大藩とは言えないが小さくもないという。

江戸の上屋敷勤めをしていた栄五郎の顔を、下屋敷や抱え屋敷の者が見知っているとは思えなかったのだと打ち明けた。

「しかし、大手前《おおてまえ》の上屋敷に勤める三十郎殿に、よもや根津権現門前町で見つかるとは」

言葉を切った栄五郎は、苦笑いをして火鉢の炭火に両手をかざした。

「それで、杉原様が瑞松院で申し出られた話は、どうなさるおつもりですか」

お勝が、ずっと気になっていたことを切り出すと、

「ええ」

栄五郎は曖昧《あいまい》な返事をして、火鉢にかざしていた両手をゆっくりと揉《も》んだ。

「一度、姉と二人の子に、お会いになりませんか」

栄五郎は瑞松院を去る間際、杉原三十郎からそんな申し出があった。

だが、小さく唸った栄五郎は、「どうしたものか」と呟いただけで、確たる返事を口にしなかったのだ。

「そりゃ沢木さん、お会いになるべきですよ。奥方様はもちろんのこと、お二人のお子のためにも会われた方が」

事情を知った伝兵衛は、しきりに勧める。

お勝は、栄五郎と三十郎が交わすやりとりから、実家に戻った栄五郎の妻は佐《さ》江《え》といい、長男の寅之助《とらのすけ》は十四、娘の梢《こずえ》は十二になっているということを知っていた。

「それは、なんとしてもお会いにならなきゃなりませんよ」

伝兵衛はさらに強くけしかける。

「しかし、今でも、藩内では科人《とがにん》ということに違いはないのですよ。そんな身の上でありながら、杉原の家にのこのこ出向いてよいのかどうか。だからお寺で、佐江にはまだ、わたしと会ったことは言わない方がいいと、三十郎殿に念を押したのですよ」

「そのことは聞いていましたけど、沢木さん、何もそこまで頑《かたく》なに考えなくともよろしいんじゃありませんかねぇ」

お勝はやんわりと問いかけたが、

「ん」

軽く唸ったものの、栄五郎の口から確たる返事はなかった。


翌日は、朝から灰色の雲が貼りついていた。

雨が降りそうな気配はないものの、日の光の射さない町の通りはやけに寒々しく見える。

お勝は、質舗『岩木屋』の戸の隙間《すきま》から空を見上げたが、午後になっても、空模様は少しも変わってはいない。

「番頭さん、火鉢に炭を足しますよ」

板張りに置かれた火鉢を覗《のぞ》き込んだ慶三から声が掛かった。

「そうしておくれ」

返事をして、戸を閉めた。

刻限はまだ八つ半（午後三時頃）だが、戸を閉めた店の中はいつもより薄暗い。

お勝が土間から板張りに上がると、炭桶を持って奥から戻ってきた慶三が、火鉢に炭を足し始めた。

そのとき、戸の開く音がした。

「おいでなさいまし」

板張りに膝を揃えて、土間に入ってきた男の影を迎えたお勝は、

「これは」

と、思わず呟いた。

間近に立った男の影は、風呂敷包《ふろしきづつ》みを左手に提げた栄五郎である。

「何ごとですか」

お勝は、ほんの少し期待を抱いて尋ねた。

昨日、別れた妻子と会うように勧めたものの、確たる返答をしなかった栄五郎

が、よい答えを持ってきたのかもしれなかった。

「お妙ちゃんは、どこか具合でも悪いのですかな」

栄五郎から、思いがけない言葉が出た。

「といいますと」

「今日、手跡指南所にお妙ちゃんが来てないので、どうしたのかと思いまして」

栄五郎は、指南所に来た幸助にお妙のことを尋ねたのだが、「知らない」という返事だったと、小首を傾げた。

「ただ、幸助が困ったような顔をしたので、何かわけがあるのではと思い、こうして」

栄五郎は、少し声をひそめた。

「もしかすると」

ほんの少し思いを巡らせたお勝は、ふと声を出した。

「三日前でしたか、お妙が沢木さんに、弥吉坊に字を教えてやってくれないかと頼んだことがあったでしょう。指南所でじゃなく、長屋で」

「はい」

「そのとき、断られたのがお妙には不服らしく、なんだか、お師匠様を少し嫌いになったとかなんとか言ってましたけど」

お勝は、心当たりのひとつを、まるで笑い話でもするかのように打ち明けると、

「そうでしたか、嫌われましたかぁ」

栄五郎は屈託《くったく》のない笑みを見せた。

「おおっ、雨だ雨だ」

表を急ぎ駆け抜けていく男の声が、通りの方から届いた。

五

六つ半時分（午後七時頃）の『ごんげん長屋』の井戸端に、茶碗などを洗う女の影がふたつあった。

辺りはすっかり夜の帳に包まれているが、表通りや表店の家の中で灯《とも》る明かりや、長屋の家々から洩れ出る明かりもあって、井戸端はほのかに明るい。

『岩木屋』にやってきた栄五郎が、お妙が手跡指南所を休んだのはなぜかと、お勝に尋ねた日から、三日が過ぎている。

「お勝さん、お出掛けですか」

釜《かま》を洗っていた、痩《や》せぎすのお啓から声が掛かった。

「夕餉の後にちょっとって、大家さんに呼ばれてたてね」

「ふぅん、たった今、沢木さんも大家さんの家に行きましたがね。何ごとだろう」

そう口にしたのは、水桶で茶碗を濯いでいたお富だった。

お勝が、大家の伝兵衛から呼び出しを受けたのは、四半刻前である。

「夕餉の後、すまないが家に来てもらえないかね」

三人の子供たちと夕餉を摂っている最中にやってきた伝兵衛に、そう求められたのだ。

「帰ったよ」

木戸を潜ってきたのは、植木屋の半纏を羽織《はお》った辰之助である。

「お帰り」

お勝とお富は口を揃えたが、

「遅かったじゃないか」

立ち上がったお啓は、尖った顎《あご》を突き出した。

「帰りしな、親方とおかみさんに引き留められたもんだからさぁ」

四十に近い辰之助は申し訳なさそうに、頭に手を遣った。

「それじゃわたしは」

声を掛けて井戸端を通り過ぎたお勝は、伝兵衛の家の戸口に立った。

「勝ですが」

「お入りよ」

伝兵衛の声を聞いて、お勝は入り口の土間に足を踏み入れた。

「お邪魔します」

茶の間の障子を開けると、長火鉢を挟んで伝兵衛と向かい合っていた栄五郎が、

「我が家でもよかったんですが、少し込み入った話でもあるし、わたしのことでは煩《わずら》わせましたので、もはや伝兵衛さんに隠すことはないと思いまして」

詫びるように、お勝に頭を下げた。

「実は今日、義弟の三十郎殿が瑞松院に現れました」

お勝が火鉢の前に膝を揃えるとすぐ、栄五郎はそう切り出した。

「そこで三十郎殿は、わたしの倅《せがれ》寅之助を杉原家の養子にしたいと申し出たのです」

杉原三十郎の申し出は、お勝にはそれほど意外とは思えなかった。

「三十郎殿は、男児のいない杉原家としては、ゆくゆくは養子を迎えなければ家

名を残せない定めだからと、そう言うのだが」

三十郎には九つと六つの娘がいるのだと栄五郎は言う。

寅之助を長女の婿養子にする手もあるが、相性が合うか合わないかの不安がある。三十郎としては、寅之助を己の養子にして、己の娘二人は他家に嫁がせる決断をしたうえで、今日、栄五郎と対面したのだった。

「義兄上を憎み、恨んだあげく、見かけても声ひとつ掛けなかった己の罪を償《つぐな》うには何がよいか、思いあぐねた末でのことにございます」

三十郎は、寺で対面した栄五郎に思いを口にして、平伏《へいふく》したという。

以前、二人の対面の場に同席したお勝は、誠意ある三十郎が、栄五郎に対して並々ならぬ謝意を示すのではないかと、そのとき、感じ取っていた。

「それを、受けるべきかどうか、どうにも判断ができないのですよ」

栄五郎は、大きなため息をつくと、さらに、

「実は三十郎殿から、もうひとつの申し出があったのですよ」

困惑したように、声をひそめた。

三十郎の申し出とは、栄五郎が、別れた妻子と直《じか》には会えないと言うなら、遠くからでも見てみないかというものだった。

「三日後の二十九日、佐江と寅之助、梢の三人を、杉原家の菩提寺《ぼだいじ》に墓参りに行かせる算段をつけるので、寺のどこからか、ご覧になってはいかがかと」

三十郎の言葉に、心は大きく揺れたと栄五郎は呟き、

「二十九日は、佐江の母の月命日《つきめいにち》なのですよ」

とも告白した。

「菩提寺というのは」

伝兵衛の問いかけに、

「本郷菊坂《ほんごうきくざか》の、長泉寺《ちようせんじ》」

栄五郎ははっきりと答える。

「そこへ行けば、十年ぶりに奥方やお子たちの顔を見られるってことですよ、沢木さん」

伝兵衛は、決意を促《うなが》すように顔を突き出した。

「わたしは、杉原様のお申し出は、どちらもお受けになった方がいいように思いますけどねぇ。もし、沢木さんがどちらかひとつでも拒まれたら、杉原様はなんとお感じになりましょう。やはり、義兄上は義理の弟も杉原様の父親も、心の底では許してはいないのだと、胸に棘《とげ》を残したまま、この後も生きていかなきゃな

らなくなります」

「お勝さん、わたしはそんなつもりは」

「だったら、三十郎様のお気持ちを素直にお汲みになったらいいじゃありませんか」

お勝は、終始、穏やかな口ぶりを通した。

両肩を動かして、はぁと息を継いだ栄五郎が、大きく頷いた。


明日は師走になるというこの日、江戸は朝から晴れ渡っていた。

昼を過ぎると、まるで春のような陽気になった。

質舗『岩木屋』の中は、板張りに置かれた火鉢に掛かった鉄瓶がチンチンと湯音を立てている。

帳場の文机《ふづくえ》に着いたお勝と火鉢の横に陣取《じんど》った慶三は、のんびりと紙縒りを縒《よ》っていた。

質入れの客も損料貸しのお届けもそこそこあったが、普段に比べたら幾分少なかった。

しかし、月が師走になった途端、質舗が慌ただしくなるのは例年のことである。

今日は、嵐の前の静けさと言えた。

「番頭さん」

その声に顔を上げると、慶三が笑顔で戸口を指し示した。

恐る恐る開いた障子戸の間から、お琴とお妙の顔が覗いている。

「お入りよ」

慶三が声を掛けると、二人は土間に入り込む。

「どうしたんだい」

帳場を立って、お勝は土間に近い板張りに膝を揃えた。

「お妙が、なんだか心配してるもんだから」

お琴が、お勝の問いかけに答えた。

「おっ母さんが出掛けた後、幸助が、手跡指南所は今日休みだと言ったのよ」

「うん」

お勝は頷いた。

「どうして休みなのか、幸助に聞いても、知らないって言うもんだから、お妙はなんだか心配らしいのよ」

「何が心配なんだい」

お勝が声を掛けると、お琴の横でしょんぼりと俯いていたお妙が、

「お師匠様は、わたしに腹を立てて、指南所を休んだんだ」

と、さらに下を向いた。

「お妙、あんた、沢木先生を怒らせるようなことをしたの？」

お琴が、思いがけないというような声で問いかけた。

「わたしが、この前から指南所を休んでるもんだから、それで怒ってるのよ」

お妙は俯いたまま、か細い声を洩らした。

「それは違うよ、お妙。沢木さんは今日、本郷のお寺に行かなきゃならない用事があったんだよ」

「どうして、お師匠様の行き先まで、おっ母さんが知ってるの」

腑に落ちない顔で、お妙が問いかけてきた。

「『岩木屋』さんで損料貸しをして動き回っているわたしなら、本郷にあるお寺の場所を知ってるんじゃないかって、尋ねられたんだよ」

お勝は、三十郎に関わる話には一切触れずに、答えを誤魔化《ごまか》した。

「わかったね」

お琴に声を掛けられたお妙は、釈然《しゃくぜん》としない様子ながらも小さく頷いた。

お琴は、お妙の背中を押すようにして、戸を開ける。

「そしたら行くよ」

お勝も二人の後ろに続いて、表へと出た。

「お琴。今日の夕餉には、お妙の好きな蓮根《れんこん》のきんぴらを作っておやりよ」

「わかった」

お琴が、お妙と並んで根津宮永町の方へ向かいかけるとすぐ、ぱたりと足を止めた。行く手から、編笠《あみがさ》を手にした袴姿の栄五郎が姿を現した。

「お琴ちゃんもお妙ちゃんも、どうしたんだい」

「お妙が、どうして指南所が休みなのかと聞きに来たもんですから、本郷のお寺参りだと言ってやったばかりでした」

お勝は笑みを交えて、お妙に成り代わって返答した。

「お師匠様、おっ母さんが言ったことは、本当ですか」

お琴と並んだお妙は、消え入りそうな声を発した。

「あぁ、そうだよ」

栄五郎は、お妙に笑いかけた。

「沢木先生は、指南所を休んでるお妙に怒ったから休んだんだと思ったらしいんです」

お琴が笑み交じりで事情を話すと、

「だって」

ぽつりと呟いて、お妙は項垂《うなだ》れた。

「お妙ちゃんは、弥吉坊に字を教えないと言ったわたしを、少し嫌いになったそうだね」

栄五郎の声に、お妙は一瞬顔を上げかけたが、すぐに伏せた。

「でも、わたしは、教えたくないわけじゃないんだよ。決して、お金を貰えないからでもない。長屋に戻ったわたしが、弥吉一人に字を教えたら、親から貰った束脩《そくしゅう》を指南所のわたしに渡しているみんなはなんと思うだろう。束脩を払わないで字を教わる弥吉を羨《うらや》んだり妬《ねた》んだりするかもしれない。依怙贔屓《えこひいき》だと思いはしないだろうか」

栄五郎の物言いに咎めるような響きはまったく感じられず、お妙も黙って聞いている。

「もし、弥吉が字を習いたいと思っているのなら、指南所で習った字をお妙ちゃんが教えたらどうだろう」

その提案に、お妙が『あ』という口の形をして、栄五郎を見上げた。

「つまり、お妙ちゃんが、弥吉のお師匠様になるっていうことだよ」

「はいっ」

眼を輝かせると、お妙は大声で頷いた。

「『ごんげん長屋』に戻って、すぐに弥吉ちゃんに字を教えてやります」

言うが早いか、お妙はその場を足早に去っていった。

「お待ちよ」

声を掛けて、お琴はお妙の後を追っていく。

お勝は、栄五郎と並んで二人の娘の方を向いた。

「お勝さん、本郷の寺で、妻と我が子二人を遠くから眺《なが》めることができましたよ」

お琴とお妙の姿が小さくなったところで、栄五郎が静かに口を開いた。

「倅も娘も、十年前とはかなり、ほとんど様変わりしておりまして――そりゃ、そうですよね。娘とは、赤子のときに別れたわけですから」

そこで、栄五郎の声が少し震えた。

「でも、やはり、お勝さんに勧められて、遠くからでも顔を見られてよかった。十年という年月は、埋めがたいのだと思い知りましたよ。今さら、父としてあの三人の前に姿を見せても、おそらく、埋めきれない何かがあるように思うのですよ。それを知っただけでも、行った甲斐《かい》がありました」

栄五郎は、お勝に小さく頭を下げた。

「それで、ご長男の養子の件は」

「なんの憂《うれ》いもなく、三十郎殿の養子にしてもらおうと思います」

そう言い切った栄五郎の顔に、肩の荷を下ろしたような柔らかさが窺えた。

「ではわたしも『ごんげん長屋』に戻ります」

軽く会釈《えしゃく》をした栄五郎は、お琴たちが去った方へと足を向けた。

神主屋敷の木立の方から、小鳥の鳴き声が長閑《のどか》に響き渡った。

霜月《しもつき》の晦日《みそか》とは思えない陽気である。

軽やかな足取りで去っていく栄五郎の背中を見送ったお勝は踵《きびす》を返し、『岩木屋』の戸を開けた。

# 第二話　悋気《りんき》の蟲《むし》

一

柄杓《ひしやく》で撒《ま》く水滴が、キラキラと日射《ひざ》しを跳ね返す。

師走《しわす》になって二日目だが、夜明け前は空気がキーンと音を立てそうなくらい冷えた。

このところの朝方の冷え込みは、日が昇るとともにやわらぎ、昼が近くなると日射しが眩《まぶ》しいくらいになる。

根津権現社近くで店を張る質舗『岩木屋』前の通りは人の行き来が多く、少しの風でも、乾《かわ》いた砂埃《すなぼこり》が舞い上がって店先に流れ込むことがある。

『岩木屋』の番頭を務《つと》めるお勝が水を撒いているのは、砂埃除《よ》けである。

しかし、朝晩の冷え込みで凍ることが予想されるときは、昼間の暖かい時分にしか撒けない。

何年か前だったが、近所の料理屋の女中が日暮れ時に水を撒いて、翌朝、何人もの通行人を滑らせたことがあった。

「『岩木屋』さん、こんちはっ」

根津権現社の方から威勢よく歩いてきた男の一団から声が掛かった。

揃《そろ》いの火消し半纏《ばんてん》を羽織《はお》った六、七人の男を率《ひき》いてやってきたのは、九番組『れ』組の纏持《まといも》ちだった。

「師走になった途端、忙しそうだね」

お勝が声を掛けると、火消しの一団が足を止めた。

「町衆のために働くのが、わたしらの張りというもんですから」

三十を超えたばかりの纏持ちが笑みを浮かべた。

その脇には、『れ』組の梯子持《はしごも》ちを務める『ごんげん長屋』の住人、岩造が余所行《よそゆ》きの顔つきをして突っ立っている。

江戸の火消したちは、師走になると例年、大晦日《おおみそか》まで火の用心を呼びかけたり、寺社や町内の修繕箇所を見回ったりする。

九番組『れ』組の受け持ちは、池之端七軒町《いけのはたしちけんちょう》から根津宮永町、谷中感応寺《やなかかんのうじ》門前辺りまでである。

火消し人足《にんそく》は鳶《とび》人足とも呼ばれ、平素は鳶口《とびぐち》を持って道路の補修やどぶ浚《さら》いなどの土木建設、町内の雑事に従事して、町入用金《ちょういりようきん》から支給される鳶給金で暮らしを立てている。

常抱えの人足の数は町の規模によってまちまちだが、芝神明《しばしんめい》、浜松町《はままつちょう》を受け持つ弐番組《に》『め』組は二百人を超す人足を抱え、百人を超す数を抱える組は、他に十ほどあるという。

九番組『れ』組には、鳶頭《とびがしら》である頭取《とうどり》を筆頭に、纏持ち、梯子持ち、平人足を合わせて五十五人がいると、以前、岩造から聞いた覚えがある。

「『れ』組の若い衆じゃないか」

女の華《はな》やいだ声が、通りに響き渡った。

三味線《しゃみせん》か踊りの稽古《けいこ》の帰りらしい、風呂敷包《ふろしきづつ》みを胸に抱いた芸者と思《おぼ》しき二人の女が、火消しの一団の傍《そば》に近づいてきた。

「ここで出会えるとわかっていれば、手拭《てぬぐ》いの一本も持ってきたのに」

先刻の華やいだ声とは別の、いかにも悔しげな声が飛んだ。

「姐《ねえ》さん方、師走でございます。くれぐれも火の用心のお心がけを」

纏持ちが芸者らしき二人に腰を折って歩き出すと、

「町の衆、火の用心をひとつよろしゅう」

声を揃えた火消しの一団は、纏持ちに続いて、谷中の方へと足を向けた。

ザッザッザッと、威勢よく響く草履《ぞうり》の音が遠ざかっていくと、

「わたし、役者なんかより、火消しと仲良くなりたいわ」

「ほんと」

立ち止まって見送った町娘二人が、そんな呟《つぶや》きを洩《も》らすと、根津権現社の方へと歩き去った。

「鳶の連中は、町中でも飲み屋でも女に持てはやされるからなぁ。おれなんかを振り返る娘なんかいやしねぇ」

いつの間にかお勝の横に並んでいた、『岩木屋』の車曳《くるまひ》き、弥太郎が、しみじみとぼやいた。

「なぁに、弥太郎さんがいいっていう女は、どこかにいるはずだよぉ」

お勝は本心を口にした。

頬骨《ほおぼね》の張った四角い顔で、一見、とっつきにくそうだが、弥太郎は気配りのできる男である。

弥太郎の肩を片手でポンと叩いたお勝が、『岩木屋』の戸口に足を向けたと

き、上野東叡山《とうえいざん》の方から、鐘《かね》の音が届いた。

九つ（正午頃）を知らせる時の鐘に違いない。

今朝、仕事に出掛けるときはさほど感じなかったが、夕刻の根津権現門前町の通りが、心なしか浮足立っている。

表通りに軒《のき》を連《つら》ねる様々な商家、桶屋《おけや》や瀬戸物屋《せともの や》などの小店《こみせ》、行《ゆ》き交《か》う人の動きひとつとっても、どことなく気ぜわしいのだ。

町のあちこちに明かりが灯《とも》り始めて、夜の顔を見せ始めているせいもあるだろうが、年の暮れに向かって、知らず知らずのうちに町衆の気が急《せ》いているのかもしれない。

かぁ――鳴き声を響かせながら、西から飛んできた烏《からす》が数羽、お勝の頭上を上野のお山の方へと横切っていった。

表通りを根津宮永町の方へ向かっていたお勝は、鳥居横町に差しかかったところで左に曲がり、小路《こうじ》の入り口に立つ『ごんげん長屋』の木戸を潜《くぐ》る。

井戸端《いどばた》で足に水桶の水を掛ける人影と、片足立ちになって片方の足を拭《ふ》いている人影があった。

「お勝さん、今かい」

「ただいま」

お勝が返事をした人影は、町小使《まちこづかい》を生業《なりわい》にしている藤七《とうしち》である。

表通りから届く明かりと『ごんげん長屋』の路地から届くわずかな明かりに、足を拭いていた辰之助の顔も浮かび上がった。

「お帰り」

物干し場の辺りで小さな影が立ち上がり、お妙の声がした。

すると、その横に同じくらいの影が立った。

薄明かりに浮かび上がったのは、お妙と弥吉の顔だった。

「何してたんだい」

「お妙ちゃんが、感心なことに、弥吉に字を教えてるそうだよ」

植木屋の印半纏《しるしばんてん》を羽織った辰之助が、笑みを浮かべた。

「弥吉ちゃん、またね」

お妙が声を掛けると、同い年の弥吉は、

「うん」

手にしていた小枝をその場に放り出して、九尺《くしゃく》二間《にけん》の棟割《むねわり》長屋の、井戸端から一番近い家の中に飛び込んでいった。

「話し声がすると思ったら、お勝さんかぁ」

路地の方から現れたお富が、井戸端の隅に置かれた芥箱《ごみばこ》に、笊《ざる》で運んできた芥を放ると、パタンと蓋《ふた》を閉めた。

「お勝さん、昼間、うちのと顔を合わせたんですってね。『岩木屋』さんの前で」

芥を捨て終えたお富が、井戸端で足を止めた。

「『れ』組のみんなと見回りの途中だったようだけど、岩造さんもいい男っぷりだったよ」

お勝が、昼間眼にしたときの印象を口にすると、

「本人に言うと図に乗りますから、そんなこと口にしちゃいけませんよ」

そう言いながらも、お富はまんざらでもないらしく、目尻を下げた。

「おっ母さん、夕餉《ゆうげ》の支度が出来てるよぉ」

急かすような幸助の声が、路地の奥の方から響き渡った。

いつものように、お勝は幸助と並んで箱膳《はこぜん》を前にし、向かいにはお琴とお妙が並んで夕餉を摂《と》っている。

膳には、飯と味噌汁《みそしる》、炒《い》り豆腐《どうふ》、それに鰯《いわし》の塩焼きが載っていた。

さっき、外から家に入った途端、微《かす》かに魚を焼いた匂いが残っていたのは、我が家の鰯のせいだろう。

「お妙、弥吉坊に字を教えるなら、もう少し明るいときの方がいいんじゃないのかい」

お勝は、箸《はし》を動かしながら口を開いた。

「手跡指南所《しゅせきしなんじょ》に行く前とか、帰ってきてからもときどき教えてるよ。でも、さっきは井戸端でばったり会ったから、ついでに教えてたの」

お妙は笑みを浮かべて、事も無げに返事をした。

「どの辺まで進んでるのさ」

「い、ろ、は、に、ほ、へ、と、は終わって、ち、り、ぬ、を始めたところ」

お妙が、お琴の問いかけに小さく胸を張ってみせた。

思わず笑みを浮かべたお勝が、

「あれは」

ふと口にして、部屋の片隅に押しやられた炬燵《こたつ》の上に置かれた小さな箱に眼を留めた。

紙に包んであるが、菓子箱のようだ。

「あぁ」

箱を見て頷《うなず》いたお琴が、

「昼間、白髪《しらが》交じりのお侍が、うちを訪ねてきたのよ。お勝さんのお住まいだろうかって」

明るく返答した。

「おれとお妙が指南所から帰ってきて、すぐの時分」

そう言って、幸助は味噌汁を飲む。

「名を聞いたのかい」

「崎山喜左衛門さん」

お琴が口にしたのは、思いがけない名であった。

崎山喜左衛門とは、先月の半ばに、十八年ぶりの対面をしたばかりなのだ。

お勝が『岩木屋』の番頭を務めていることは承知のはずの喜左衛門が、なぜ、『ごんげん長屋』に現れたのか。

「崎山様の用はなんだったんだい。何か言っておいでだったかい」

お勝は思わず畳《たた》みかけた。

「惣右衛門《そうえもん》さんの料理屋に用事で来たついでに、大家の伝兵衛さんにも会っていこうと思って『ごんげん長屋』にまで足を延ばしたって言ってたよ」

お琴は、淡々《たんたん》と口にした。

惣右衛門というのは、『ごんげん長屋』の家主であり、谷中善光寺前町《やなかぜんこうじまえまち》の料理屋『喜多村《きたむら》』の隠居である。

以前から料理屋『喜多村』の客だった喜左衛門が、惣右衛門を訪ねるのはわかるが、なぜ、『ごんげん長屋』の伝兵衛のところに足を延ばしたのか——そこまで思いを巡らせたお勝は、

「あ」

と、声にならない声を発した。

惣右衛門が、娘と婿《むこ》に後をまかせて隠居したとき、『喜多村』の番頭だった伝兵衛も身を引いて、『ごんげん長屋』の大家に転身したのだと、かなり前に聞いていたのを思い出した。その縁で、伝兵衛と喜左衛門も面識があったのだろう。

「その崎山様をここに案内してきたのは伝兵衛さんかい」

「ううん。伝兵衛さんは家にいなかったから、ちょっと、うちの様子を見に来たって言ってた」

お琴の言う通りならば、喜左衛門の訪問をそれほど気にすることはあるまい。

「あのお侍は、おっ母さんとは昔からの知り合いだって言ってたよ」

お妙が無邪気に言ったが、お勝は、

「うん」

と、曖昧《あいまい》な返事をしてしまった。

「だけどさ、おっ母さんに、どうしてお侍の知り合いがいるんだい」

幸助が思いついたままを口にしたが、

「あぁ」

お勝は、こちらも曖昧な返事で済ませた。

喜左衛門というのが、十六のときに奉公に上がった、旗本、建部家の用人だと口にすれば、紆余《うよ》曲折《きよくせつ》の人生にも触れなければならなくなりそうで、うまい返事が見つからなかったのだ。

「崎山様は、わざわざこのお菓子を持ってきたのかい」

話を逸《そ》らすつもりはなかったが、お勝は炬燵の上の菓子箱を手に取った。

「ううん」

首を横に振ったお琴によれば、訪ねてきた喜左衛門は長居はしなかったらしい。お琴が茶を淹《い》れようかと問うと、慌《あわ》ててそれを断り、辞去《じきよ》した。

それからほんの少し経《た》ってから、再び現れると、表通りで買ったという菓子箱を置いて、ばたばたと帰っていったというのだ。

「子供たちだけで家を守り、そのうえ、茶を淹れてもてなそうとする心遣《こころづか》いが嬉しかった」

菓子を買い求め、届けに舞い戻った心境を、喜左衛門はお琴にそう伝えていた。

「このお菓子、夕餉が済んだらいただこうじゃないか」

お勝の提案に、子供たちは素直に頷いた。

「あのお爺さん、また来てくれないかな」

幸助が、にやりと笑みを浮かべると、

「お菓子を貰《もら》えるから？」

「うん」

幸助は、お妙のからかいにも、素直に返事をした。

「ばか」

笑って窘《たしな》めたのは、一番年長のお琴である。

どこからか、猫の声が微かに届いた。

二

棟割長屋の土間にある流しは、大人一人が立てばいっぱいである。

子供たちと井戸端に行けば、四人分の食器くらいあっという間に洗えるのだが、夕餉を済ませた住人たちで混み合う刻限でもある。

それに、日が落ちてからは冷え込むので、家の中で洗うことにした。

土間に立ったお勝が洗い、板張りで待ち受けるお琴とお妙が、濡れた器《うつわ》を布巾《ふきん》で拭いて、笊に伏せる。

お勝一家の後片付けは、女三人が組めば、いつもあっという間に片がつく。

炬燵に足を突っ込んだ幸助は菓子箱を開けて、先刻食べたばかりのお菓子の残りを、物欲しそうに眺《なが》めている。

「はい、済んだ。ありがとよ」

洗い終えたお勝はお琴とお妙に声を掛けると、帯に下げていた手拭いを取って、手を拭き始める。

「おっ母さん、今から湯屋《ゆや》に行ったらどうなの」

お琴に勧められた。

「どうしようかねぇ」

迷ったお勝は、框《かまち》に腰を掛けた。

喜左衛門が帰った後、お琴とお妙は弥吉の母親のおたかと一緒に、表通りの『たから湯《ゆ》』に行ったと、夕餉のときに聞いていた。

「幸助はどうする」

幸助が行くと言うなら、お勝も一緒にと思ったが、

「おれは、明日、弥吉と行くことにしてる」

と、つれない返事が来た。

「それじゃ、わたしも明日にするよ」

そう口にして、お勝は腰を上げた。

「貰ったなら貰ったって、どうして一言、あたしに言わなかったのさっ」

突然、女の金切り声が路地に響き渡った。そして、

「誰なのさ。手拭いやら守《まも》り札《ふだ》やら、どこの女から貰ったんだい」

「忘れたよぉ」

自棄《やけ》のような男の声も届く。

「お富さんと岩造さんだ」

お琴が土間に下りようとした。

「あんたたちは、ここにいなさい」

子供たちを押しとどめて土間に下りるなり、お勝は路地へと飛び出した。

お勝の家のはす向かいにある岩造とお富の家の戸口に、中を覗《のぞ》き込んでいる人影が四つあった。

「夫婦《ふうふ》喧嘩《げんか》のようだね」

お勝が声を掛けると、

「女絡みのようだよ」

聞き覚えのある女の声が返ってきた。

路地のほのかな明かりに浮かび上がったのは、お啓の顔である。

眼が慣れてくると、他の人影は、お啓の亭主の辰之助や、岩造夫婦の隣に住む町小使の藤七、それに、お勝の隣の家の、左官の庄次《しようじ》だと見分けがついた。

「はっきりお言いよ」

「何をだよっ」

岩造とお富の言い合いを聞いて、

「何ごとですよぉ」

岩造の家の戸を開けたお勝は、土間に足を踏み入れた。

「お勝さん、いいところに来てくれた。ほら、見て。この男、行李《こうり》の中にこんなもん、隠してたんですよ」

お富が、一本の扇子《せんす》と手拭いを一枚、お勝の眼の前で振ってみせた。

「扇子には、ほら、『茅町《かやちょう》　文弥《ふみや》』だろ。そして、手拭いには〈うえ〉だか、〈かみ〉だか知らないけど、なんとか流、鈴《すず》って女の名前が染めてあるんですよ。その他にも、ほら」

お富は、岩造の首に下がっていた守り袋を摑《つか》んで引きちぎった。

「痛ぇなこのヤロッ」

岩造は、火傷《やけど》の痕《あと》のある首筋を手で押さえて、非難の声を発したが、

「守り袋の中には、火消しには大事な秋葉権現《あきばごんげん》のお札があると思ってたら、なんのことはない。弁天《べんてん》様のお札を入れてやがったんですよ」

お富はお構いなく吠《ほ》えた。

「弁天様じゃ駄目なのかい」

辰之助が口を挟むと、

「火除けの秋葉権現のお札ならともかく、弁天様は女じゃないか。女の守り札を首にぶら下げるからには、どこかの女に手渡されたに違いないんだ。それをこの男は、誰に貰ったか忘れたなんて」

「嘘《うそ》じゃねぇ」

怒声《どせい》を発した岩造は、両腕を胸の前で組むと、まるで芝居場のように、音を立てて板張りに胡坐《あぐら》をかいた。

「岩さん、ここは正直に言った方がいいぜぇ」

土間に踏み込んだ庄次が、どんぐり眼《まなこ》の上の濃い眉《まゆ》をひそめて囁《ささや》く。

「正直も何も、まるっきり覚えがねぇんだよ」

岩造は庄次に向かって口を尖《とが》らせると、お勝をはじめ、路地から覗く藤七や辰之助夫婦にまで、縋《すが》るような眼を向けた。

「覚えがないだなんて、嘘をつくのもいい加減にしておくれ。文弥っていうのは、どうせ池之端の芸者だろうが、この鈴って女はどこの鈴だい」

お富の追及に、

「鈴がどこか知らねぇのかよ。鈴ならおめぇ、根津や谷中の権現様や寺にぶら下がって、綱《つな》を引けばジャラジャラ鳴ってるじゃねぇか」

岩造も負けてはいない。

「お前は、ぶら下がった鈴を盗んで、どこかに囲ってるんじゃあるまいねっ」

「おれに、女を囲うような大判小判があるとでも思ってやがるのかよっ」

岩造が、いきなり立ち上がる。

「お待ちよ」

今にもお富をひっぱたきそうな岩造の勢いを見て、お勝は二人の間に体をねじ込んだ。

若い娘が役者を贔屓《ひいき》にするように、当世《とうせい》は、火消し人足も持てはやされることがある――そう言ってお富を宥《なだ》めようと考えたが、お勝はふと思いとどまった。

それを言えば、お富はますます頭に血を上らせるに違いないのだ。

「いやぁお富さん、役者、船頭と並んで火消しが若い娘にちやほやされるそうだから、娘っ子が近づくのは当たり前だよ」

辰之助が穏やかな口ぶりで宥めると、

「そうだよお富ちゃん、『れ』組の他の火消しばかりちやほやされて、岩造さんには娘っ子一人近づかなかったら、それはそれで寂しいもんじゃないのかい」

お啓が亭主に同調した。

お勝が危惧《きぐ》した通り、お富の両眼がきりきりと吊り上がる。

「どうせわたしは、火消し人足には不似合いの女房ですよ」

「わたしは何もそんなこと」

お啓が口を挟んだが、

「岩造は五尺七寸（約百七十センチ）の梯子持ちなのに、女房のわたしは、五尺（約百五十センチ）しかない、突っ立った達磨《だるま》だと言われますよ」

お富は猛然《もうぜん》と畳みかける。

「そんなこと誰が言ってるんだね」

藤七が、初耳だという顔で尋ねると、

「聞いたことありませんがね」

お勝が首を捻《ひね》ると、お啓も辰之助も同調して、聞いたことはないと口を揃える。

「そんなこと言ってたのは、この間まで浅草橋《あさくさばし》から蜆売《しじみう》りに来ていたひねくれた餓鬼《がき》だよ」

庄次が口にすると、お富は両肩を大きく上下させて息を継《つ》ぐと同時に、小鼻を膨《ふく》らませた。

「お富さん、あんな子供の言うことなんか、気にしちゃいけねぇよぉ」

藤七は、皺《しわ》の刻《きざ》まれた顔に笑みを湛《たた》えて宥めた。

「だけど、だけど、娘っ子にちやほやされるのをいいことに、あちこちで鼻の下を伸ばしてるのかと思うと悔しくって」

「おれのこの鼻がいつ伸びたって言うんだよっ、バカヤロッ」

啖呵《たんか》を切った岩造は、土間の草履を引っかけると、見物の連中の間をすり抜けていった。

「おい、どこの鈴を鳴らしに行くんだぁ！」

裸足《はだし》で路地に飛び出したお富が声を張り上げると、

「酒でも飲まなきゃ、今夜は寝つけねぇ」

木戸の方から、岩造の声が返ってきた。

「岩さんは、『つつ井《い》』の鈴を鳴らすつもりだ」

表通りの居酒屋の名を口にすると、庄次はにやりと笑みを浮かべた。

どこかで板を踏むような足音がしたかと思うと、トントンと、密《ひそ》かに戸でも叩くような音を聞いた。

すると、すぐに肩を揺すられ、

「おっ母さん、おっ母さん」

耳元で女の囁く声がした。

お勝がふっと眼を開けると、暗がりの中にお琴の顔が迫っている。

「なんだい」

「外で音が」

お琴は、お勝に合わせて小声を発した。

お勝がゆっくりと体を起こすと、家の中は暗く、並べて敷いた布団では、幸助とお妙が縕袍《どてら》を被《かぶ》って寝息を立てている。

表の方から、トントンと、何かを叩く音がする。

「音が、さっきよりも強くなってる」

お琴が耳元で囁いた直後、

「開けなさいっ」

押し殺したような女の声が、表から届いた。

「開けなさいよ」

女の声とともに、戸を叩く荒々しい音も聞こえる。

「表に出るんじゃないよ」

自分の縕袍を羽織ったお勝は、お琴に念を押して土間に下りると、心張り棒《しんばりぼう》を外して戸を開け、路地へと忍び出た。

刻限もよくわからない暗い路地に眼を走らせると、九尺二間の棟割長屋の一番奥の家の前に立った人影が、白い腕を振り上げているのが眼に飛び込んだ。

「ちょいと、何ごとですか」

お勝が声を掛けると同時に、家の中から戸が開いて、綿入れを羽織ったお志麻《しま》が顔を出した。

すると、

「何ごとかな」

と、お志麻の家の向かいから沢木栄五郎が出てくる。

「暗いうちから、なんだいなんだい」

白い息を撒き散らしながら十八五文《とおはちごもん》の鶴太郎《つるたろう》が現れると、お志麻の家の隣からは、藤七が不機嫌そうに路地に出てきた。

暗がりに眼が慣れたお勝は、お志麻の家の戸を叩いていたのは、やけに口の大きい、四十ほどの女だと見て取った。

「お前さんねぇ」

お勝がそう言いかけるのと同時に、

「うちの人をお出しっ」

声を張り上げた四十女は、お志麻を脇に払いのけて家の中に飛び込んだ。

「待ってくださいよ」

お志麻は慌てて女の後を追う。

「うちのはどこに行った」

「なんのことですか」

家の中を動き回る女の背中にお志麻が声を掛けると、

「徳之助《とくのすけ》ですよ」

女は突然振り向いて、お志麻の前で仁王立《におうだ》ちすると、

「知らないとは言わせないよ。あんたは、白山権現《はくさんごんげん》前の提灯屋《ちょうちんや》の徳之助に囲われてるお志麻だろう。こっちは調べがついてるんだ。観念して、うちの亭主をお出しよ」

言い終えるや否《いな》や、布団の上の掻巻《かいまき》を持ち上げたり、立てられた枕屏風《まくらびょうぶ》の向こうを覗き込んだりしたあげく、片隅に積まれた柳行李《やなぎごうり》の蓋までも開けた。

「うちのをどこに隠したんだ」

「旦那は、ここにおいでじゃありませんよ」

「そりゃおかしい。うちのは、昨夜、泊まりがけの用事で出掛けると言ったが、泊まりがけならここしかないはずなんだ」

四十女は、何かに取り憑《つ》かれたように動き回り、炬燵の中を覗き込んだかと思うと、小さな茶簞笥《ちゃだんす》の扉まで開く。

「あぁっ、こんなところに」

女は、長押《なげし》に下がっている男物の着物に眼を留めると、衣紋掛《えもんか》けから外して、

「うちの人の着物が、どうしてこんなところに下がってなきゃいけないんですかっ」

と、板張りに叩きつける。

「ちきしょう」

女は声を絞《しぼ》り出すと、片隅の鏡台の引き出しから、櫛《くし》や平打《ひらう》ちを摑み出し、柳行李からは半襟《はんえり》や緋色《ひいろ》の扱《しご》きを引っ張り出すと、

「ウーッ」

唸《うな》り声を上げて、板張りに撒き散らした。

「この十年、わたしには平打ち一本、櫛一枚買ってもくれなかったのに、他所の

女には、こんなものを、こんなにこんなに！」

女は突然、顔を振り上げてお志麻を睨《にら》みつけ、

「櫛や平打ち、着物や湯文字《ゆもじ》まで、うちのがあんたに注ぎ込んだものは、わたしがみんな風呂敷に包んで持って帰るから、ここに出しておくれ。いや、ここの店《たな》賃《ちん》だってどうせうちのが出したんだろう。十両二十両は下るまいから、それも貰っていきますよっ」

梃子《てこ》でも動かないとでも言うように膝《ひざ》を揃えて背筋を伸ばした。

「まぁまぁ、おかみさん」

穏やかな口ぶりで土間を上がったお勝は、女の眼の前に膝を揃えた。

「なんだい。年増女が余計な口出ししないでおくれ」

「ははは、年増はお互い様じゃありませんか」

お勝が余裕の笑みを浮かべると、女の顔つきに戸惑いが広がった。

「白山の提灯屋といえば、『菊乃屋《きくのや》』さんじゃありませんか」

藤七が静かに問いかけると、女は急に落ち着きを失った。

「ということは、お前さん、『菊乃屋』のお内儀《ないぎ》の、お竹《たけ》さんですなぁ」

「誰だあんた」

女は、藤七を睨みつけた。

「以前何度か、『菊乃屋』さんに頼まれて町小使の仕事を請《う》け負ったことがあるもんですからね」

藤七が穏やかな笑みを見せると、お竹と呼ばれた女は、膝に置いた両手を忙しく揉《も》み始めた。

表で、にわかに幾人かの声がして、

「朝から大声が聞こえてましたが、いったい」

土間に足を踏み入れた伝兵衛は、散らかった板張りに座り込んでいるお竹を見て、言葉を吞《の》み込んだ。

「ね、ね、何が起きたんだい」

伝兵衛に続いて、お富とともに中に入り込んだお啓が、眼を皿にして家の中を見回した。

「大家さん、ここじゃ埒《らち》があきませんから、自身番に場所を移して話し合った方がいいんじゃねぇかね。どうだいお勝さん」

「そうですねぇ。こう人が多くちゃ、ろくに話もできませんからね」

お勝が、藤七の提案に応じた途端、

「ウウウ」

両手で顔を覆《おお》ったお竹が、

「自身番だけは、どうか、ご勘弁を」

と、か細くうめいた。

「伝兵衛さん、この場は、みんなには引き取ってもらいましょうか」

お勝が小声で申し入れると、

「もうそろそろ夜が明ける時分だから、みんなはもう引き取っておくれ。仕事に遅れてしまうよ」

伝兵衛は大家らしく、住人に指示を出した。

「後でいろいろ聞かせてもらいますよ」などと声を上げて、詰めかけていた住人の多くが、白み始めた路地へ出て、それぞれの家に向かった。

三

お志麻の家の外は、わずかに白み始めていた。

はっきりとした刻限はわからないが、そろそろ夜が明ける頃おいかもしれない。

詰めかけていた住人は引き揚《あ》げていき、今、お志麻の家の中には、押しかけてきたお竹、大家の伝兵衛、そしてお勝が残っていた。

しかし、お志麻の隣の藤七の家には、密かに二、三人の野次馬《やじうま》が潜《もぐ》り込んでいるような気配がする。

お志麻の顔は、薄明かりの中、まるで見世物の生人形《いきにんぎょう》が浮かんでいるかと錯《さっ》覚《かく》するくらい、茹《ゆ》でた卵の白身のように白い。

「はぁ」

最初の勢いがすっかり影をひそめたお竹は、萎《しお》れたように俯《うつむ》いて、先刻から二、三度、ため息を洩らし、

「うちの後継《あとつ》ぎが、三年前に他家に修業に出た後、すぐに娘が嫁に行った頃から、亭主の徳之助は家を空けるようになったんですよ。まるで、家の中にわたしと二人になるのを嫌がるみたいに」

ずっと心に溜《た》めていたものか、せつなげに、ぽつりぽつりと吐き出した。

「『菊乃屋』というお店の主《あるじ》ですから、奉公人に指図するやら何やら、家でやらなきゃならないことはいっぱいあるんですよ。それなのに、商人は外回りをしなければならないなどと言って、折につけ出歩くんです」

お竹が一気に吐き出すと、

「そりゃ変だ」

壁の向こうの藤七の家から、男の野次が飛んだ。

「白山にお店を張ってるんだから、主自ら提灯ぶら下げて売り歩くこともねぇしなぁ」

明らかに鶴太郎と思しき声である。すると、

「そうなんです」

と、隣の声に話を合わせたお竹が、

「お店に腰を落ち着けていなければならない主が、ご同業の寄合《よりあい》だの鶯《うぐいす》の初音《はつね》を聞く集まりだのと言ってはあちこち年中飛び回り、やれ富士塚詣《ふじづかもう》でだ大山参《おおやままい》りだと言っては何日も家を空けていたのが、実は偽《いつわ》りだとわかったんでございますよ。いったいどこへどんな用事があったのかと聞いても、亭主は何も言いません」

「男はそんなもんなんですよ」

藤七の家から、今度ははっきりとお富だとわかる声が響き、

「おめぇ、誰のことを言ってやがんだ」

と、岩造の怒声が続く。

「うるさいよ、隣」

お勝の声に、壁の向こうは静まった。

藤七の家には、どうやら、鶴太郎と岩造とお富が入り込み、お志麻の家の様子を窺《うかが》っているようだ。

「それで」

伝兵衛がお竹を促《うなが》すと、

「ひと月前のことでございます。暇《ひま》を持て余しておりました甥《おい》っ子に命じまして、徳之助が家を出るたびに後をつけさせましたら、やっとこの前、『ごんげん長屋』に足繁《あししげ》く通っているとわかり、しかも、五日に一度は、お志麻という女の家に泊まるというではありませんか」

経緯《いきさつ》を打ち明けると、軽く唇《くちびる》を噛《か》んでお志麻を睨んだ。

「旦那はそんなにはおいでになりませんよ」

お志麻が、静かな声で打ち消した。

「多くて十日に一遍《いっぺん》だよ」

壁の向こうから、藤七の声が飛んだ。

「詳しいな、とっつぁん」

すぐに、鶴太郎の声がする。

「隣で寝起きしてりゃ、誰だってわかるさ」

藤七の声に、

「お隣の人、お教えください。昨夜は本当にうちの亭主はここには来てませんでしたでしょうか」

お竹は顔を壁に向けると、板張りに両手をついた。すると、

「来てませんねぇ」

隣から、藤七の声が返ってきた。

それを聞くと、お竹はウウウと小さな唸り声を洩らして項垂《うなだ》れる。

「昨夜は、『菊乃屋』が提灯をお納《おさ》めしている谷中のお寺さんに呼ばれたと言って出掛けましたが、これは嘘に違いないと思い、夜が明ける前に女の家に踏み込んで、亭主の偽りを暴《あば》こうと、こうやって押しかけたんでございます」

「おかみさんの悔しさや腹立ちはわかりますがね、こうやっていきなりお志麻さんの家に押しかけるというのは、いかがなもんでしょうね」

お勝がことを分けて問いかけると、お竹は顔を伏せた。

「そうそう、朝早いうちに起こされる、他の住人の身になってもらいてぇな」

隣から、鶴太郎のぼやきが聞こえる。

「お志麻さんが性悪女で、旦那を誑《たぶら》かして『菊乃屋』の身代《しんだい》を狙っているとか、夫婦別れをそそのかしてるというならともかく、もう少し穏便《おんびん》なやり方があったんじゃありませんか」

「お勝さん、わたし身代をなんて、そんなつもり、毛の先ほどもありませんよ」

「それはわかってますって」

お勝は、眼を丸くして抗弁したお志麻に頷いて、やんわりと宥めた。

「つまりよぉ、そういうふうに、相手の女のことも周りのことも見えなくなって闇雲《やみくも》に喚《わめ》き散らす女房だから、亭主は呆《あき》れて外に出たくなるんじゃゃねぇのかねぇ」

隣の岩造の声に、

「なんですって！」

お竹は体ごと壁を向くと、きりきりと眼を吊り上げた。

「まぁまぁ、おかみさん、隣の声はともかくとして、お志麻さんのところに押しかける前に、まずは旦那の腹の内を聞くべきでしたよ」

伝兵衛は、穏やかな声を投げかけた。

「そうそう。周りの迷惑も顧《かえり》みず、朝の暗いうちから他人の家に乗り込むのは、盗賊や押し込みの所業だよぉ」

　壁の向こうから岩造が非難の声を上げた。

「お前、お志麻さんを庇《かば》ってるのかい」

「庇うとかなんとかじゃなく、人の道ってやつをよぉ」

「お隣さん、静かにしておくれ」

　厳としたお勝の声に、壁の向こうはぴたりと静まった。

「わかりましたよ」

　そう口にして、お竹はすっと立ち上がった。

「仰《おつしや》る通り、今日にでもうちの亭主を問い詰めて、お前さんに買い与えた着物やら何やら一切合切《いっさいがっさい》、荷車を用意して引き取りに来ますから、それは覚悟しておいてもらいますよ」

　お竹は、衣紋掛けから外した亭主の着物、鏡台から出して板張りに散らした櫛や平打ちなどの小間物類《こまものるい》をじろりとひと睨みして土間に下りると、そそくさと路地へと出ていった。

「提灯屋のおかみは、帰《け》ぇったね」

「あぁ、帰った」

壁の向こうの岩造に返事をすると、伝兵衛の口から、はぁと疲れたようなため息が洩れ出た。

そのとき、鐘の音が鳴った。

六《む》つ（午前六時頃）の鐘に違いない。

「さて、朝餉の支度を急がないと」

両膝を叩いて、お勝は腰を上げた。

六つ半（午前七時頃）を過ぎた谷中はすっかり白んでいる。

日は昇っているのだが、根津一帯には薄い靄《もや》がかかっていた。

三人の子供たちと朝餉を摂ったお勝は、『ごんげん長屋』を出ると、善光寺坂を上っていた。

谷中善光寺前町にある料理屋『喜多村』に立ち寄ってから、奉公先の『岩木屋』へ行くつもりである。

根津権現門前町から『喜多村』に行くには、勾配《こうばい》のきつい善光寺坂を上がらなければならないが、上野東叡山の山内や感応寺界隈《かいわい》からは平坦な道が通じている。

この刻限に、『喜多村』の表の入り口が開いていないことを知っているお勝は、建物の脇の小路から、板場のある裏手に回った。

「朝からすみません。『ごんげん長屋』の勝ですが」

戸口から声を掛けると、

「おはようございます」

戸を開けて声を発したのは、奉公して一年にもならない、十六ほどの女中である。

「ご隠居さんは、おいでだろうか」

「あ、大旦那さんは、半刻（約一時間）くらい前にお出掛けだったけど」

女中にすれば、当代の主人の与市郎《よいちろう》が料理屋『喜多村』の旦那様であり、隠居をした惣右衛門は、大旦那ということなのだろう。

「あ、お帰りです」

女中は、お勝の背後に眼を遣《や》って笑みを浮かべた。

「後ろ姿でお勝さんだとわかったよ」

惣右衛門は、お勝に近づきながら、

「不忍池の畔《ほとり》を歩いてきたんだよ」

と、笑みを浮かべた。

『ごんげん長屋』の家主でもある惣右衛門は、十五年前に、二人の孫の躾係《しつけがかり》として お勝を雇い入れてくれた恩人でもある。

「立ち話もなんだ。入らないかね」

　女中を去らせた後、惣右衛門に誘われたが、『岩木屋』に行く前だからと、お勝はやんわりと断った。

「ご隠居さんもよくご存じの、建部家の崎山喜左衛門様が、わたしの留守中、『ごんげん長屋』をお訪ねになりましたので、そのことについて、崎山様にご伝言をお願いしたいと思い、伺《うかが》いました」

「それはいいが、しかし」

「建部様のお屋敷奉公を終えてから大分年月も経ちますし、お屋敷に伺うのは、どうも躊躇《ためら》われまして」

「なるほど。それで、崎山様への言付けというと」

「はい」

　一言口にしたお勝は、ひと呼吸置き、

「わたしに断りもなしに『ごんげん長屋』においでになったり、わたしの子供たちにお近づきになったりなさるようなら、今後、二度とお目にはかかりませんと、そのようにお伝え願いたいのでございます」

用件だけを口にして、お勝は小さく頭を下げた。

先月の半ば、十八年ぶりに対面した崎山喜左衛門から、ときどき会って話をしたいと懇願《こんがん》されていた。

しかし、跡継《あとつ》ぎに関して対立の芽があると知り、建部家の内情などに関わりたくない一心で断ろうとしたお勝だが、結局は老《お》いた喜左衛門の頼みを受け入れていた。

そんな事情を知らない惣右衛門は、訝《いぶか》るような面持《おもも》ちをしたが、

「わかった」

と、頷いてくれた。

「朝から申し訳ございませんでした」

お勝は、詫《わ》びを口にして踵《きびす》を返すと、『喜多村』の表へと出た。

善光寺坂を下りながら、少し胸が痛んだ。

喜左衛門への言付けなど、惣右衛門に頼むようなことではなかった。

だが、曰《いわ》くのある辞《や》め方をした建部家のお屋敷を訪ねていく気になれず、惣右衛門の厚意に縋ってしまったのだ。

坂を下りるお勝の下駄《げた》が、ガッガッとやけに大きく鳴り響いた。

その日の夜である。

『ごんげん長屋』の大家、伝兵衛の家の茶の間と座敷に、数人の住人と、白山の提灯屋『菊乃屋』の内儀のお竹が、亭主の徳之助とともに膝を揃えていた。

住人というのは、岩造とお富夫婦やお啓、瓜実顔《うりざねがお》の貸本屋《かしほんや》の与之吉《よのきち》、それに藤七とお志麻で、大家の伝兵衛は、『菊乃屋』の夫婦と住人の間に、背筋を伸ばして鎮座《ちんざ》している。

「遅くなりまして」

お勝は遅れて駆けつけた。

住人の大方は、日暮れ前に夕餉を済ませていたが、お勝の家ではいつも通り、仕事帰りのお勝を待ってから食べ始めるので、その分、食べ終わるのは遅くなる。

「夕餉を済ませたら、わたしの家に来てもらいたい」

夕餉の最中に現れた伝兵衛は、『ごんげん長屋』の住人たちに声を掛けているということだった。

伝兵衛はさらに、『菊乃屋』の内儀のお竹が、ご亭主の徳之助を連れて現れ、今朝方長屋を騒がせたことを詫びたいと言うので、家に待たせているとも口にしたのである。

「わたしより、今朝、あんたに押しかけられて迷惑を蒙《こうむ》った住人に詫びてもらいたい」

伝兵衛が申し出ると、徳之助もお竹も、渋々ではあったが、受け入れたというのが、今夜の寄合の経緯だった。

仕事先から帰ってきていない者と、『大家さんにまかせる』と答えた者を除いた連中が伝兵衛の家に集まると、

「今朝は、女房がこちらに押しかけて騒ぎを起こし、皆様方にはさぞご迷惑だったことと存じます。亭主として、深く深くお詫び申し上げます」

徳之助が殊勝《しゆしよう》に両手をつくと、隣のお竹もそれに倣《なら》った。

「今朝のことはこれで水に流すことにしますが、気がかりは今後のことです」

伝兵衛が口を開くと、何ごとかというように顔を上げた徳之助とお竹には、戸惑いが窺えた。

「今後もまた、『菊乃屋』のお二人の間で悶着《もんちやく》が起きて、そのとばっちりが『ごんげん長屋』のお志麻さんのところに向けられたりすると、ここの住人にまで迷

惑が及ぶことになります。そういう恐れがあれば、大家として見過ごせませんので、ここに集まった住人の前で、お志麻さんのことに関してご夫婦がどんな料簡《りようけん》を持っておいでかを、お聞かせ願いたいんですがな」

伝兵衛の口から出た話の内容に、集まった住人の多くが、うんうんと頷く。

「わたしとしては、そりゃ、こちらとは切れてもらいたいですよ」

お竹は俯いたままだが、〈こちら〉と言うときだけ、お志麻の方にちらりと顔を動かした。

「わたしはぁ」

口を開いたものの、お志麻は気持ちの整理がつかないのか、途中で言葉を呑んだ。

「わたしとしては、そのぉ」

徳之助も何か言いかけたが、何度か首を捻った後は、口を閉じた。

「まぁ、あれだね。旦那の前でこんなことを言うのは口幅《くちはば》ったいが、お志麻さんのような気のいいお人を、半囲いにしてるというのが、なんともしみったれてるじゃありませんか」

そう言うと、一見、お店者《たなもの》にも見える貸本屋の与之吉は、掌《てのひら》でツルリと頬を撫《な》でた。

「半囲いとはなんだね」

声を発したのはお啓だった。

「女を囲う銭金のない男が三、四人集まって金を出し合って、一人の女を囲い込むっていう、なんとも惨《みじ》めったらしいやり方ですよ」

「女のところで、男が鉢合《はちあ》わせするってことはないのかね」

「お啓さん、わたしが聞いたところによれば、そういうことが起きないよう、男たちは、前もって女の家に行く日を決めておくらしいですよ」

与之吉はお啓の疑問に、丁寧《ていねい》に答える。

「あぁた、わたしはそんなことはしておりませんっ」

顔を真っ赤にした徳之助が、与之吉に向かって口を尖らせた。

「与之吉さんが口にしたのは、やり口が安囲いの手口に似てるってことですから。そう言いたいんですよね」

岩造はやんわりと与之吉を庇う。

「まぁ、なんですな。女を囲おうという者は、度量と覚悟が要《い》るんじゃありませんかねぇ」

黙って聞いていた藤七が、初めて口を開いた。

「藤七さん、その度量と覚悟というのは、いったいなんだね」

好奇心を露《あら》わにした伝兵衛が、ふと藤七の方に身を乗り出した。

「人を囲うってのは、金で縛りつけるってことと話は別なんだ。だから、心持ちよく暮らせる算段をしなくちゃならねぇ。まぁ、『菊乃屋』さんほどのお店の主なら、小ぢんまりした平家の一軒でもいいから、用意しても罰《ばち》は当たりませんよ」

「そんな、家一軒なんて」

驚いて声を荒らげたのは、お竹である。

「おかみさん、その家は借家でもいいんですよ。煙草屋《たばこや》か絵草紙屋《えぞうしや》みてぇな小商《こあきな》いくらいやれそうな借家の一軒も用意して、旦那が来ないときは女が退屈しないよう気遣わなくちゃいけません。これが、囲う者の度量というものでしょう」

藤七の言葉に、徳之助は愕然《がくぜん》と顔を引きつらせ、お竹はぽかんと口を開けた。

「それじゃ、囲う者の覚悟というと」

興味津々《きょうみしんしん》な様子で、お啓が細い首を伸ばす。

「それは、おれにもなんとなくわかるがね」

「おぉ、岩造さんの考えを聞きたいねぇ」

藤七は笑みを浮かべると、岩造に『どうぞ』とでも言うように自分の掌を差し出した。

「他所に女を囲う男の覚悟ってのは、女房が、決して悋気《りんき》するようなことをしちゃなんねぇということじゃねぇかねぇ」

一説を講ずると、岩造は難しい顔をしたまま、両腕を胸の前で組んだ。

「そうだよ。岩造さんの言う通りだ」

藤七の声に、黙って聞いていたお志麻は、一人合点《がてん》がいったように大きく頷いた。そのとき、お富が小さく「ふん」と鼻で笑ったのを、お勝は見逃さなかった。

「ウウウ」

突然小さな嗚咽《おえつ》を洩らしたお竹が、口を袂《たもと》で覆った。

「長屋の皆さん、嬉しゅうございます。わたしのために、よくぞ、よくぞ言ってくださいました」

やっとのことでそう口にしたお竹の嗚咽は、ますます激しさを増していく。

女房の嗚咽を聞く徳之助の体は次第に縮み、顔はどんよりと曇っていった。

# 四

家の中に、小さな明かりが灯っていた。

自分たちで布団を敷いて、子供たちは床に就《つ》いているに違いない。

お勝は、声を掛けずにそっと戸を開けて、土間に足を踏み入れた。

土間近くの板張りに置かれた箱行灯《はこあんどん》の明かりが、並んだ布団で寝ている子供たちの様子を浮かび上がらせている。

「お帰り」

お妙の横で寝ていたお琴が、そっと体を起こした。

「起こしたかい」

「ううん、起きてた」

お琴は、声をひそめたお勝に合わせるように、小声で答える。

そのとき、

「なんなんだい、あれは」

「何が、なんだってんだ」

明らかに、岩造とお富の言い争う声が路地の向かい側から届いた。

「あの二人、また始めちまったよぉ」

上がりかけたお勝は、仕方なさそうに履物に足を通すと、

「先に寝てなさいよ」

お琴にそう言い置いて、路地へと出た。

大股でどぶ板を跨《また》いだお勝は、いきなり戸を開けて、岩造夫婦の家の土間に踏み込み、後ろ手で戸を閉めた。

「朝から押しかけた『菊乃屋』のおかみさんもだけど、あんたたちの夫婦喧嘩も傍迷惑《はためいわく》だよ」

お勝が押し殺した声を掛けると、立って岩造と対峙《たいじ》していたお富が、

「女房を悋気させるようじゃいけねぇなんて、さっき、よくも自分の口から言えたもんだと思ってさぁ」

お勝が立っている土間近くに座り込んだ。

「いったいなんの話をしてるんだよ」

声は低いが、岩造の声音《こわね》に怒りが籠《こ》もっている。

「囲ってる鈴という女のことだよ。お前が後生大事に持ってる手拭いに、鈴って名が染めてあったじゃないか」

「手拭いに名が染めてあったら、おれが囲ってるって言うんなら上等だ。見せてやらぁ」

岩造は片隅の行李の中から一本の手拭いを取り出すと、お富の眼の前で広げた。

「この字はおめぇも見慣れてるから読めなくはねぇだろうが、おれが言ってやる。これにはな、九番組『れ』組、鳶頭、房吉《ふさきち》って書いてあるんだ。てことは、おめぇに言わせりゃ、おれが頭を囲ってることになるんだぜぇ」

どうだと言わんばかりに胡坐をかくと、岩造は左腕の彫《ほ》り物が見えるくらいまで、袖《そで》を捲《まく》り上げた。

「ほほう。お前、随分《ずいぶん》と強気に出たね。もしかしたら、わたしをここから追い出して、鈴って女を女房にする気だねっ」

「ちょっとお富ちゃん」

落ち着かせようと、お勝は声を掛けたが、

「お勝さん、この男はわたしを追い出して、子を産める女を欲しがってるに違いないんですよ」

お富は、もはや聞く耳を持たなかった。

「話にならねぇっ！」

堪忍袋《かんにんぶくろ》の緒《お》が切れたように声を荒らげた岩造は、腰を上げるとすぐ、長押《お》に下げていた火消し半纏を掴むと、土間の草履を引っかけて表へと飛び出していった。

「岩さんどうした。どこかで火事かい」

「大火事だから、火を鎮《しず》めに行くのよっ」

岩造の自棄のような声がすると、

「付き合うよ」

庄次の声が掛かって、二人の足音が遠のいていった。

「お富ちゃん」

お勝が静かに声を掛けると、お富はくるりと背中を向けて、項垂れた。

駒込千駄木坂下町《こまごめせんだぎさかしたまち》の方からやってきたお勝は、空の大八車《だいはちぐるま》を曳く弥太郎と並んで、根津権現社近くに差しかかっていた。

谷中御切手町《やなかおきってちょう》の御切手同心《おきってどうしん》の役宅に、損料貸《そんりようが》しの燭台《しよくだい》ふたつと寄合で使うという塗りの膳を五つ届けた帰りである。

刻限は四つ（午前十時頃）を少し過ぎた時分だが、空に薄雲が貼りついていて、日の射さない町の通りは寒々しく、冬の深まりを感じさせる。

今朝、米を研《と》ぎに井戸端に行くと、朝餉の支度をするお啓、おたか、手跡指南の栄五郎は見かけたのだが、お富は現れなかった。

井戸端に来る前、お富の様子を見に行ったお啓によれば、岩造は昨夜、家を出ていったきり、帰ってこなかったという。

米を研いだ帰り、お勝が岩造夫婦の家に顔を出すと、

「昨夜は、少し言いすぎたかもしれない」

と、土間の框に腰掛けたお富は、しょげ返っていた。

朝餉の支度も手につかない様子だったが、

「ここを出ていくなら出ていけばいいさ。わたしと岩造は、所詮《しょせん》、そういう定めだったということですよ」

お富は、虚勢を張るように肩をそびやかした。

「夫婦別れをするってことかい」

お勝があえて尋ねると、

「一人になったって、わたしはなんとでもなりますよ」

片頰《かたほお》を動かして笑ったお富は、あくまでも強気だった。

〜煤竹《すすたけ》ぇ、煤払《すすはら》い〜

千駄木坂下町の方から流れる谷戸川《やとがわ》が、不忍池の方と西へと分流する辺りで、煤払いの煤竹売りや目籠《めかごう》売りの男とすれ違った。

十二月八日は事始《ことはじ》めで、しまってある正月用の道具を取り出して、新年を迎える支度に取りかかり、十三日は、例年、煤払いをする日であった。

お勝と弥太郎は、谷戸川と分流した藍染川に沿って不忍池の方に足を向ける。

分流したところから眼と鼻の先に架かる小橋の袂や橋桁《はしげた》の下で、揃いの火消し半纏を羽織った七、八人ほどの鳶人足たちが、橋板や石垣《いしがき》の補修に勤《いそ》しんでいる姿が眼に入った。

半纏の背中には、見覚えのある『れ』組の印がある。

「精が出るねぇ」

お勝が声を掛けると、

「こりゃ、『岩木屋』の番頭さん」

と、人足たちから声が上がり、会釈《えしゃく》を返された。

「昨夜はどうも」

人足の中に紛《まぎ》れていた岩造が、頭に手を遣って、困ったような笑みをお勝に向けた。

「弥太郎さん、一足先に戻っていいよ」

「へい、承知しました」

威勢のいい返事をした弥太郎は、小橋を渡り、根津権現社の方へと大八車を曳いていく。

「岩造さん、昨夜は長屋に戻らなかったようだねぇ」

「谷中の瑞林寺《ずいりんじ》近くの、こいつの塒《ねぐら》に潜り込みました」

岩造はそう言うと、傍《かたわ》らにいた二十歳《はたち》そこその若い人足の肩をぽんと叩いた。

「信吉《しんきち》です」

若い人足は、邪気のない笑みを浮かべてお勝に頭を下げた。

「ちょっといいかい」

お勝は、岩造を少し離れたところに呼ぶと、

「お富さんは、一人で暮らす算段を始めたようだよ」

耳打ちをした。

「そりゃ、いい心がけじゃありませんか」

動ずる気配も見せず、岩造は小声で返した。

「そんなこと言わずに、ゆっくり話をした方がいいんじゃないのかねぇ」

「そのうち、褌《ふんどし》や着物なんぞを取りに戻りますが、話し合うかどうかはなんとも言えねぇなぁ」

岩造はお勝に片手を挙げると、仕事をする人足たちの元へと戻っていった。

六つ半時分（午後七時頃）には、『ごんげん長屋』のお勝一家は、夕餉の後片付けをあらかた済ませていた。

後片付けはほとんど三人の子供たちが済ませていたが、流しの前に立ったお勝は、間もなく、明日の朝餉の仕込みを終えようとしている。

「おっ母さん、今日も岩造さんは帰ってきてないみたいだね」

お妙や幸助と、炬燵や行灯を隅に動かしながら、お琴は心配そうな声を洩らした。

「そうだねぇ」

俎板《まないた》で切り終えた大根を空の鍋《なべ》に移しながら、お勝はため息交じりに答えた。

お勝は昨日、藍染川に架かる小橋の補修をしていた岩造と顔を合わせ、女房のお富と話し合うよう勧めたのだが、その日も『ごんげん長屋』には戻らなかったし、今夜も戻ってきた様子がないのだ。

組板と包丁《ほうちよう》を洗って流しの横の水切りに立て掛けたとき、お勝はふと耳を澄《す》ました。

トントンと、密やかに戸を叩く音が外から届いている。

戸を開けて路地を見回すと、お志麻の家の戸口に女の人影があった。

「あ、この前は」

お勝の方に体を向けたお竹の顔が、路地の薄明かりに浮かんだ。

そのとき、二軒隣の岩造の家の戸が開いて、お富が顔だけを突き出し、

「お志麻さんは、夕刻出掛けていったようだよ」

覇気《はき》のない声を出した。

「お戻りになるまで、お志麻さんの家で待たせていただきたいのですが」

お竹の申し出に、お勝もお富も返事に窮《きゆう》した。

「いえ何も、悶着を起こしに来たわけじゃないんです」

殊勝なお竹の物言いに、

「だったら、主のいない家で待つより、帰ってくる人なんか誰もいない、あたし

んとこで待てばいいよ」

お富は大きく戸を開けて、入るようお竹を促した。

「それじゃ、お言葉に甘えまして」

お竹がお富の家に足を向けたとき、木戸の方から現れたお志麻が、びくりと足を止めた。

「今夜は、一言お礼に来たんですよ」

頭を下げたお竹に、やや強張《こわば》っていたお志麻の顔がほぐれた。

「それじゃ、ごゆっくり」

「できれば、お勝さんにも立ち会っていただければと思いますが」

お竹の申し出に、家に向かいかけたお勝が足を止めた。

「こうなりゃついでだ。みんな、うちにお入んなさいよ」

お富が〈おいでおいで〉と両手を動かした。

「お富さんの家に行ってるから」

戸口の外からお琴に声を掛けて、お勝はお富の家の中に足を踏み入れた。

土間を上がり、先に炬燵を囲んでいたお富の向かい側に膝を揃え、成り行きで、お志麻とお竹が向かい合った。

「お志麻さん、ありがとう」

お竹が、いきなり頭を下げると、

「うちの徳之助に、お志麻さんの方から切れたいと言っていただいたそうで、お礼を申し上げます」

と、続けた。

「そうだったの」

お勝が意外そうな声を発すると、

「昨日の昼間、白山権現に出向きまして、旦那さんには、そのように」

お志麻は小さく頷いた。

「それで、旦那さんはどんな塩梅《あんばい》なんだね」

好奇心も露わに、お富が顔を突き出す。

亭主の徳之助は昨日からしょげ返っていると、お竹は言う。

そして、よもや、囲っていた相手から手切れを言い出されるとは思いもしなかったようだと付け加え、小さな苦笑を浮かべた。

徳之助には自惚《うぬぼ》れがあったのだと、お竹は断じた。

婿のなり手がなかなか見つからずに困っていたお竹の元に、やっとのことで婿入りを承知したのが、『菊乃屋』の手代を務めていた徳之助だった。逃げられては困るので、『菊乃屋』では、徳之助を下にも置かない扱いをした、金遣いや外出など、たいていのことには眼を瞑《つぶ》ったという。

それで、徳之助をついつい図に乗せてしまったのではないかと、今になって悔《く》やまれると、お竹は述懐《じゆっかい》した。

「お志麻さんは昨日、徳之助にこう言ったそうです。女房を悋気させないようにするのが、女を囲う男の腹の据《す》えどころなんですよって。そう言われたことが堪《こた》えたと、徳之助はその後、しみじみと口にしましたよ。でもね、その言葉には、わたしもどきりとしてしまったんですよ」

お竹は、そこまで口にして、ふっと息を継いだ。

「わたしが怒りにまかせてここに乗り込んできたのは、悋気なんかじゃなかったと気づいたんですよ。惚れているなら悋気もしましょうが、『菊乃屋』の娘としての面子《めんつ》を潰された悔しさだけだったんじゃなかったかとね。わたしは、一度だって、亭主に惚れたことがあったのだろうかと、今になって、これまでのことが悔やまれるんです。お志麻さんに亭主の眼を向けさせたのは、わたしのせいかもしれないって。ずっと婿扱いしてきたわたしへの、罰に違いないって」

言葉を切ったお竹は、がくりと項垂れて、大きく息を吐いた。

炬燵を囲んでいたお勝をはじめ、お志麻もお富も、ただ黙り込んでいるだけだった。

五

抱えていた思いをみんなの前で述べると、ほどなくして、お竹は『ごんげん長屋』を去り、お志麻は自分の家に帰っていった。

お勝も帰ろうかと腰を上げかけたが、お富と二人になったのをいいことに、

「岩造さんのことは、どうするつもり」

と、気になっていたことを切り出した。

「おや、沢木さん、これから湯屋ですか」

木戸の方から、威勢のいい男の声がした。

「岩造さんの声だよ」

お勝が囁くと、お富の表情に特段の変化はなく、綿入れの身頃《みごろ》を掻《か》き合わせて炬燵に顎《あご》を載せた。

いきなり戸を開けて足を踏み入れた途端、岩造は、

「あ」

と、お勝を見て立ちすくんだ。

「お帰り」

「いや、お勝さん。朝晩冷え込むから、綿入れを取りに寄っただけなんですよ。へへへ」

岩造は笑い声を上げながら土間を上がり、枕屏風の陰から、綿入れを摑み取った。

「お前が身を寄せてる家の女は、綿入れくらい用意していないのかい」

「そんなことはしねぇでいいと、そう言ってあるんだよ」

「岩造さん」

お勝が窘めると、

「お勝さん、いいよ。わたしは、一人で暮らしを立てる覚悟は出来てるからね」

お富の声に暗さはないが、あえて、平静を装《よそお》っているに違いない。

「灸点所《きゅうてんじょ》で灸を据えて稼いでいたこともあるし、わたし一人の暮らしぐらい、立てられるさ」

「おめぇの料簡を聞いて、おれは安心して出ていけらぁ」

綿入れを持った岩造は、土間の草履に足を通すと、一気に路地へと飛び出していく。

「文弥だか鈴だか知らないが、女に捨てられないようにおしよっ！」

お富は、開けっ放しの戸の外に向かって声を張り上げたが、なんの声も返ってこない。

岩造に、果たして女房の声は届いたのだろうか。

九つ（正午頃）を過ぎたばかりの根津権現社の境内《けいだい》は、陽気もよく穏やかである。参拝《さんぱい》の人たち、散策に訪れたような一団が長閑《のどか》に行き交っている。

お勝は、網代笠《あじろがさ》を手にした崎山喜左衛門と並んで楼門《ろうもん》を潜り、唐門《からもん》の近くで足を止めた。

先刻、『岩木屋』で客を送り出すとすぐ、喜左衛門が笠を取りながら店の土間に入ってきた。

「『喜多村』の惣右衛門殿から、お勝さんからの言伝《ことづて》を伺ったのでな」

喜左衛門は、詫びに来たのだとも口にした。

お勝は、『岩木屋』の主、吉之助に断って、喜左衛門を根津権現社に連れ出したのである。

「お勝さんの断りもなく、長屋に押しかけたことは、まことに申し訳ない」

喜左衛門は、唐門の近くでお勝に向かって腰を折った。

「どうか、頭をお上げください」

お勝の勧めに、喜左衛門は素直に従ったが、

「しかし、此度《こたび》のことをもって、何ゆえ、二度と会わぬとまで口になさるのかが、実のところ合点がいかぬのだよ」

と、腑《ふ》に落ちないというような表情を浮かべた。

「わたしがかつて、武家屋敷に奉公していたことは、長屋の人たちに言ったことはあります。ただ、そのお武家が、書院番頭《しょいんばんがしら》をお務めのお旗本、建部家だということは、誰も知らないことでございます」

お勝の言うことを、喜左衛門は黙って聞いている。

「料理屋『喜多村』でお会いしたとき、ときどきお会いして話をすることは承知しましたが、お会いするのは、あくまでも外のつもりでした。わたしたち家族の暮らしの場には、近づいていただきたくないのです」

「それは――」

喜左衛門の顔には戸惑いが貼りついている。

「崎山様が長屋においでになれば、住人や子供たちは、あのお武家はどなたかと気にし始めます。そのうち、建部家のご用人と知れることもありましょう。そんな人がどうしてわたしを訪ねるのかという不審も生まれます。そしたら、そのうち、わたしが、建部様のお子を産んだということが知れるということもございます。それは、なんとしても秘しておきたいのでございます」

言い終えると、お勝は小さく頭を下げた。

「いや、迂闊《うかつ》だった」

喜左衛門は天を仰《あお》ぎ、大きく息を吐くと、

「今後、二度とさようなことはいたさぬゆえ、此度のことはどうか、お許し願いたい」

再度腰を折った。

「承知いたしました」

お勝が頭を下げると、「今日はこれで」と呟いて、喜左衛門は楼門の方へと歩き出した。

喜左衛門が去った方にゆっくりと歩き出した途端、お勝はふと足を止めた。

楼門の脇から、お富が下駄の音を立てて現れたのだ。

「お富さん」

声を掛けられるまで気づかなかったお富は驚いて、びくりと足を止めた。

「向こうに用事かい」

お勝は、根津権現社の裏門の方に顔を向けた。

根津権現社の裏門を出ると、道の向こう側は駒込千駄木下町《こまごめせんだぎしもまち》で、火消し九番組『れ』組の鳶頭の家がある。

「実はね、お勝さん」

ほんの少し迷った末に、お富は決まりが悪そうに口を開いた。

「あのね、岩造が持ってた手拭いや扇子にあった、文弥とか鈴って名が誰か、ついさっき、わかったもんだから」

お富は、声を殺して苦笑いを浮かべた。

半刻前、下谷茅町《したやかやちょう》の料理屋『文弥』の主人が、岩造を訪ねて『ごんげん長屋』にやってきたのだと、お富は話し始めた。

「その、『文弥』の旦那が、お鈴さんていう十八、九の娘を連れていたから、わたしはびっくりしたんですよ。岩造を娘の婿にするから、別れてくれろと談判《だんぱん》に来たのかと思ってね」

しかし、お富の驚きは的外《まとはず》れであった。

料理屋『文弥』の主は、娘のお鈴の嫁入りが決まったので、岩造に挨拶《あいさつ》に来たのだということだった。

「わざわざ、どうして」

お勝が呟くと、

「わたしだってそう思ったから、なんでまたって、口にしたんですよ。そしたら、以前、娘さんの危ないところを、岩造が助け出したらしいんですよ」

お富は、『文弥』の主から聞いた出来事を話し出した。

二年前の夜、茅町の小間物屋で火事があったとき、煙に巻かれた料理屋『文弥』の母屋《おもや》から、ぐったりした娘のお鈴を助け出したのが、火消しに駆けつけていた岩造だったという。

「ほら、これ」

お富は、『茅町　文弥』の扇子と『上村流《うえむらりゅう》　鈴』の手拭いを懐《ふところ》から出して、お勝に見せた。

女から貰ったものだと言って、お富が岩造に噛みついた曰くのある二品である。

「さっき、旦那と娘さんに見せたら、お鈴さんの踊りの温習会《おんしゆうかい》に来てくれた人に配った料理屋『文弥』の扇子と、お鈴さんの手拭いだって言ってましてね。誘った温習会に岩造は来なかったから、後日、千駄木町《せんだぎちよう》の九番組『れ』組に届けたらしいんですよ」

お富は、またしても決まりの悪そうな笑みを浮かべた。

父親に連れられてきたお鈴の話によれば、何日か前に池之端仲町《いけのはたなかちよう》の表通りですれ違いざまに頭を下げたものの、岩造はお鈴の顔を忘れていた様子だったらしい。

「とは申せ、岩造さんは娘の命の恩人に違いはありません。当時、十六だった娘が、こうして嫁に行けることになりましたので、お礼かたがた、ご挨拶に伺った次第です」

『文弥』の主は、お富にそう言うと、娘とともに『ごんげん長屋』から引き揚げていったという。

「それでまぁ、いろいろ思い過ごしをして、あれこれひどいことを口走ったことやなんか、あいつに謝っておこうかなぁと思ってさ」

消え入りそうな声になって、お富は小さく口を尖らせた。

「そうだね。そうおしよ」

「じゃ」

お富は頷くと、根津権現社の裏へと足を向けた。

「蔦頭のところにいなければ、岩造さんはおそらく、谷中町《やなかまち》の信吉って人足のところだと思うよ」

「あぁ、平人足の信吉なら、わたしも顔見知りですよ」

笑顔を向けたお富は、お勝の方に片手を振ると踵を返し、裏門坂の方へと小走りで向かった。

惣門横町の方に歩き出したお勝は、軽やかに遠ざかる下駄の音を背中で聞いた。

# 第三話　雪の首《くび》ふり坂《ざか》

## 一

『ごんげん長屋』の井戸端《いどばた》に、朝日が射《さ》したのはほんの少し前である。

六つ（午前六時頃）を知らせる鐘《かね》が鳴ってから、およそ四半刻《しはんとき》（約三十分）が経《た》った頃おいだった。

朝餉《あさげ》の支度で殺気立つ夜明け前と違って、明るくなった井戸端は、洗い物に集まる者たちの顔つきも穏やかである。

「行ってきますよ」

前後して通りかかった左官の庄次、十八五文《とおはちごもん》の鶴太郎、貸本屋の与之吉が、口々に声を掛けて表通りへと向かうと、

「行っといで」

洗い物をしていたお勝は、お啓と声を揃《そろ》えて男たちを送り出す。

「お稼ぎなさい」

手跡指南所《しゆせきしなんじよ》の師匠を務《つと》める沢木栄五郎も、鍋釜《なべかま》や茶碗を洗う手を止めて、律儀《りちぎ》に声を掛けた。

「皆さん、おはよう」

岩造が大股で井戸端を通り過ぎるとすぐ、器《うつわ》を入れた笊《ざる》を抱えたお富が追うように家から出てきて、

「行っといでぇ」

と、丈《たけ》の長い火消し半纏《ばんてん》を翻《ひるがえ》して木戸を出ていく亭主の背中に、とびきりの笑みを向けた。

「なんだか、嬉しそうだこと」

お啓がからかうと、

「あら、どうしてだろ」

笑みを浮かべたまま、お富は釣瓶《つるべ》を井戸に落とす。

お富と大喧嘩《おおげんか》をして家を飛び出して、平人足《ひらにんそく》の信吉の住まいに転がり込んでいた岩造は、二日前の六日の夕刻に『ごんげん長屋』に戻ってきた。

囲っている女がいると思い込んだお富は、それが思い違いだとわかって、おそ

らく岩造に詫《わ》びを入れたに違いない。

「うちのがね、昨日は鰻飯《うなぎめし》を土産《みやげ》に帰ってきたんですよ」

岩造が家に戻ってきた翌朝、お勝の家に現れたお富が、騒がせた詫びを口にしたついでに、そう打ち明けた。

日本橋の葺屋町《ふきやちょう》の鰻屋が去年売り出した〈鰻飯〉が流行《はや》っているというのは、お勝も耳にしている。

焼いた後、置いていた蒲焼《かばやき》は冷えると味が落ちる。

そこで、鰻屋が、熱い飯の間に蒲焼を挟んで客に出したら、途端に評判を取ったという。

葺屋町や堺町《さかいちょう》には市村座《いちむらざ》や中村座《なかむらざ》という芝居小屋があり、役者たちや、芝居《しばい》町《まち》に押しかける客たちの口の端《は》に上って大いに喧伝《けんでん》されたと思われる。

「今日は八日の事始《ことはじ》めかぁ」

洗い物を笊に並べながら、お啓が面倒くさそうな声を上げた。

十二月八日は、事始めと言い、新年を迎える支度に取りかかる日で、正月用の道具を取り出す習わしがある。

「十四日からは歳《とし》の市《いち》も始まるし、いろいろ買い揃えるとなると物入りだよぉ」

「お啓さん、正月用のもの、買い揃えるつもりなの？」

お富が、素《す》っ頓狂《とんきょう》な声を上げた。

「うちは日本橋の大店《おおだな》というわけじゃないんだし、何も改まって支度なんかしなくったっていいか。十三日の煤払《すすはら》いだけで、正月を待つことにするよ」

投げやりな物言いをしたお啓は、はぁとため息をついた。

ため息を洩《も》らしたお啓の心中は、お勝にもよくわかる。

年の瀬ともなると、米や醤油《しょうゆ》など、日々の暮らしのために買い求めていた品々の支払いが待っている。大晦日《おおみそか》の支払いを済ませて新年を迎えるためには、なるべく出費は抑《おさ》えたいのだ。

「おはようございます」

器などを入れた笊を抱えたお志麻が、軽く頭を下げながら井戸端に現れた。

お勝たちが口々に、おはようと返答すると、

「沢木先生、器はそこに置いてってくださいな。わたしが洗って、後でお届けしますから」

お志麻は栄五郎に、屈託《くったく》なく声を掛けた。

「いや、しかし」

「そうしておもらいなさいよ沢木さん。洗う手つきが怪《あや》しくて、わたしらはいつもひやひやしながら見てるんですから」

お啓がそう言うと、

「それでは、お言葉に甘えまして」

栄五郎は丁寧《ていねい》に腰を折ると、路地の奥へと戻っていった。

〜蜆《しじみ》ィ、浅蜊《あさり》ィ〜

表通りから子供の売り声が届いたが、それもやがて遠のいていく。

「お志麻さん、こんなこと聞いちゃなんだけど、月々の手当てが入らなくなったら、暮らしはどうするんだい」

お啓が、遠慮がちに尋ねた。

長屋の者たちは、囲われ者だったお志麻が、自ら申し出て、白山の提灯屋《ちょうちんや》『菊乃屋』の旦那と手切れをしたことは承知している。

「『菊乃屋』のおかみさんから、当座の掛かりにとお志《こころざし》をいただきましたので、今すぐ困るということはありませんから、仕事はおいおい探そうかと思ってます」

そう口にしたお志麻は、少しはできる読み書きを自分の強みにして、口入れ屋を回ってみるとも付け加えた。

「さてと」

洗い終えたお勝が、四人分の茶碗などを載せた笊を抱えて腰を上げると、

「おはようございます」

空の水桶《みずおけ》を手にしたおたかが、器などを突っ込んだ空の釜を抱えた弥吉とともに現れた。

「ここが空いたよ」

お勝は、自分がいた洗い場を指し示す。

「弥吉坊、あんたお妙ちゃんに字を教わってるんだってね」

「うん」

お啓が言うと、弥吉は少し照れたような笑みを浮かべて頷《うなず》いた。

娘のお妙が、手跡指南所に通えない同い年の弥吉に、先月の末から字を教えていることは、お勝も知っている。

「男なら、恋文《こいぶみ》のひとつも書けないとね」

「どうして」

お富が、お啓に問いかけた。

「恋文ってのは、男の方から出すものらしいよ」

お啓が答えると、

「お勝さん、知ってた？」

と、お富に顔を向けられて、

「さぁ、そういう決まりがあるかどうかは知らないがね」

お啓が口にしたような話を聞いた気もするが、娘だった時分の記憶はすでに朧《おぼろ》となり、お勝は自信なく首を傾《かし》げた。

「恋文は、殿方の方から出すもんだと聞いたことがあります。それで、女から返事がなければ、脈がないことだから、男は諦《あきら》めるしかないということのようです」

お志麻の言葉に、お勝はじめ、その場にいた女たちは感心したように頷いた。

「お志麻さんは、恋文ってもの、いっぱい貰《もら》った口なんだろうね」

お富が、好奇心も露《あら》わに声をひそめると、

「そんなことがあれば嬉しかったけど、わたしの周りには、あいにく、そういう気の利《き》いた人はなかなか」

お志麻は苦笑いを浮かべて、首を横に振った。

「弥吉坊、あんた、気の利いた男になるんだよ」

お啓に気合いを入れられた弥吉は、

「い、ろ、は、に、ほ、へ、と」

と声を張り上げながら、天に向けた人差し指で、虚空《こくう》に字を書いた。

「その調子だよ」

弥吉に声を掛けたお勝は、それじゃわたしはと口にして、家の方に向かった。

出入り口の戸が開けられた途端、質舗『岩木屋』の土間に、すっと外の日の光が広がった。

手代の慶三が開けた戸口から、継《つ》ぎ接《は》ぎの襟巻《えりまき》を首に巻いた女房風の女と、若い遊び人風の男が、ともに大きめの風呂敷包《ふろしきづつ》みを背負い、相前後して表へと出ていく。

「ありがとうございました」

お勝は、土間に近い板張りに膝《ひざ》を揃えたまま、二人の客を送り出した。

表の通りには、真上近くからの日射《ひざ》しがあった。

「今の、あのおかみさん、やっと金の工面《くめん》がついたようですね」

戸を閉めて土間を上がった慶三が、二百文ほどの銭の載った質札《しちふだ》を、帳面の上に置く。

慶三がおかみさんと口にした襟巻の女は、春の終わり頃質入れしていた二枚の搔巻《かいまき》を、師走《しわす》になってやっと引き取りに来たのだ。

「ただいま帰りましたよ」

戸が開いて、主《あるじ》の吉之助が表から入ってきた。

「お帰りなさいまし」

お勝と慶三は、板張りに座ったまま迎えた。

「外の通りは、心なしか忙しく感じられるねぇ」

吉之助は、土間を上がって火鉢《ひばち》の傍《そば》に腰を下ろすなり、そう口にした。

「えぇ。人の通りもいつもより多いうえに、足の動きが違います」

お勝が答えると、相槌《あいづち》を打った慶三が、

「これからは、例年通り、質入れの人たちで混み合いますね」

と、苦笑いを浮かべた。

慶三の言う通り、師走になると質入れの客が多くなる。

新年を迎えるに当たり、正月飾りや餅代《もちだい》をこしらえなければならない。

そのうえに、大晦日の支払いも待っているから、金の工面に皆が奔走《ほんそう》するのは例年のことである。

「支払いや、正月のために備えようという人は感心しますが、中には、掛け取りの来る大晦日には姿を消したり、江戸を離れて湯治《とうじ》に出掛けたりするずる賢《がしこ》い輩《やから》もおりますからねぇ」

ため息交《ま》じりに言うと、慶三は、隅に置いてあった質草《しちぐさ》の入った木箱を抱えて蔵の方へと向かった。

～煤竹《すすたけ》ぇ、煤払い～

甲高《かんだか》い若い男の声が、表を通り過ぎていく。

するとすぐ、

～ほうきぃ、ほうきぃ、棕櫚《しゅろ》ほうきぃ～

年の行った男らしき箒売《ほうきう》りが、野太い声を絞《しぼ》り出して通り過ぎる。

「お、そうだお勝さん、十三日は長屋も煤払いだろうから、ここは早めに切り上げてくださいよ」

「なんの。わたしが戻らなくても、子供たちだけでもやれますよ」

「そうかい」

「子供は、一年一年、ちゃんと逞《たくま》しくなりますし、長屋の住人が何かと気にかけてくれますから」

「なるほどね」

吉之助は、うんうんと頷くと、火鉢の上で両手を揉《も》んだ。

「そうそう」

帳場に置いていた帳面を手にしたお勝は、吉之助の近くに膝を揃え、

「実は、質草の預かり期限の迫っている、気になるお客が二、三人おりまして」

帳面を開いて見せた。

「池之端七軒町、『千六店《せんろくだな》』の秀次《ひでじ》さんの質草は枕屏風《まくらびようぶ》で、期限まであと十日はあります。こっちの、根津権現門前町の先生は『論語《ろんご》』の本を三冊。これもまあ、今すぐ、生き死にに関わるというもんじゃありませんが、これなんですがね」

開いた帳面に指をさして示したところには、〈谷中感応寺新門前町《やなかかんのうじしんもんぜんちよう》『作兵衛店《さくべえだな》』芳次郎《よしじろう》〉と記されている。

「質草は、炬燵《こたつ》と布団に、掻巻と手焙《てあぶ》り」

吉之助は声に出して読み上げた。

「この春質入れされたものですが、寒くなったにもかかわらず、未《いま》だに引き取りに来ませんので」

「年の行ったお人かい」

「帳面には六十七とありますから、この寒さは堪《こた》えるだろうにと気になってますんで、昼からでも長屋を訪ねてみようかと思うんですが」

「わかったよ。帳場にはわたしが座りましょう」

吉之助は、快諾《かいだく》してくれた。

二

根津権現社近くにある『岩木屋』を出たお勝は、谷戸川沿いの道を駒込千駄木坂下町の方へと向かっている。

九つ（正午頃）過ぎに、『岩木屋』の母屋《おもや》の台所で握り飯と漬物《つけもの》を食べて昼餉とした。

炊《た》いた飯の残りや芋《いも》などがあるときは、台所女中のお民《たみ》が、主人家族や奉公人たちのためにと用意してくれるのでありがたい。

谷戸川の左手には、豊前小倉藩、小笠原家の広大な敷地があり、道の右手には法住寺《ほうじゆうじ》の敷地が行く手へと延びている。

ほどなく九つ半（午後一時頃）という刻限だが、この一帯は静寂に包まれていた。

時折、谷中と本郷の台地の谷間に、甲高い小鳥の鳴き声が響き渡る。

法住寺の敷地が切れる北辺に、本郷の方から下ってくる道と、谷中から下ってくる道が落ち合うところが、駒込千駄木坂下町の四つ辻《よつじ》である。

谷戸川に沿ってまっすぐに進めば、蛍沢《ほたるざわ》を通って田端村《たばたむら》へと通じる。

お勝は、四つ辻を右へと曲がった。

その上り坂の先には、谷中三崎町《やなかさんさきちょう》を通って谷中感応寺の門前町がある。

四つ辻から一町（約百九メートル）ほど行った坂の途中にある大円寺《だいえんじ》には、笠森稲荷《かさもりいなり》があった。明和《めいわ》期の錦絵《にしきえ》に描かれて有名になった茶屋女、笠森お仙《せん》の生家だと聞いている。

大円寺の先に、左へと延びる三崎坂があるのだが、土地の者たちからは『首《くび》ふり坂《ざか》』とも呼ばれていた。

その呼び名の謂《いわ》れには諸説あるようだが、お勝が聞いた話では、かつて、坂の上に、首を振りながら坂道を下る僧侶がいたのでそういう異名がついたらしい。

お勝が目指す谷中感応寺新門前町は、谷中三崎町の坂の途中の左側、本通寺《ほんつうじ》の向かい側にあった。

小路《こうじ》に足を踏み入れると、『作兵衛店』の木戸があり、住人の名の記された、大小の古い板切れが釘で打ちつけてある。

その板切れに『芳次郎』の名はなかった。

木戸を潜《くぐ》ったお勝が、井戸の傍を通り、五軒長屋が二棟《むね》向き合っている路地へと足を進めると、左右に並ぶ家々には、『いかけ　ろく平《へい》』『らう屋　みの吉《きち》』『たたみ　やすけ』などと書かれた障子戸がある。

路地の一番奥まで行くと、辛《かろ》うじて『錺職《かざりしょく》　芳次郎』と読める腰高障子《こしだかしょうじ》があった。

「芳次郎さんは、こちらでしょうか」

路地の左側にある家の戸口で、お勝が声を掛けると、

「はい」

中から、若い女の声が返ってきた。

「根津権現門前町の『岩木屋』から参った者ですが」

「今、手が離せないんで、構いませんから入ってください」

女が屈託のない声を上げる。

「それじゃ、ごめんなさい」

声を掛けて戸を開け、お勝は土間に足を踏み入れた。

土間を上がった板張りで、三十くらいの女が、胡坐《あぐら》をかいている老爺《ろうや》の口に、茶碗から匙《さじ》で掬《すく》った粥《かゆ》を運んでいる光景が眼に飛び込んだ。

薄縁《うすべり》を置いた寝床で胡坐をかいた老爺は、夏のものと思《おぼ》しき薄手の羽織《はおり》を二枚、骨ばった両肩に羽織《はお》っていた。

「錺職の、芳次郎さんでしょうか」

お勝が、軽く腰を折って老爺に顔を向けると、

「そうだ」

掠《かす》れた声が返ってきた。

「あの、『岩木屋』さんというと」

空の茶碗に匙を置いた女が、お勝に体を向けて問いかけた。

「根津権現社の近くで質屋をしております、『岩木屋』の番頭の勝と言います」

そう名乗ると、四日後に預かり期限となる質草があるのだということを伝えた。

「中には、期限を忘れておしまいになる方もおいでになりますから、こうやってお訪ねしております」

「あ、わたしは、こちらの親方と縁のある、くまというもんですけど、質草とい

うのはいったい？」

「お預かりしているのは、炬燵の櫓《やぐら》と炬燵布団、それに掻巻と手焙りなんですが、引き取っていただけないと、流すことになりますので」

お勝が丁寧に事情を話すと、

「親方、間違いありませんか」

おくまは、芳次郎に尋《い》ねた。

「あぁ。夏場は要らねぇもんだから、質屋の蔵に預かってもらったよ」

芳次郎の口ぶりからは、特段慌《あわ》てている様子は窺《うかが》えない。

「炬燵なんかは、引き取るつもりなんでしょ？」

「うん、そのつもりだがよ」

片手で頰《ほお》を撫《な》でながら、芳次郎はくぐもった声をおくまに返す。

芳次郎のこめかみから額《ひたい》にかけて、小豆《あずき》くらいの大きさの、赤黒い染みのようなものがいくつもあるのが見えた。

帳面に記されていた六十七という年齢に間違いはあるまい。

「『岩木屋』さん、引き取りの額というのは、いかほどでしょうね」

おくまは、芳次郎の困惑のわけを咄嗟《とっさ》に察知したのか、すぐにお勝を見た。

「利息がついていますので、四品合わせて、百八十文でございます」

お勝は、金額を書いた一枚の紙切れを懐《ふところ》から出して、土間近くの框《かまち》に置いた。

「今日はあれだが、四日後の期限までには引き取るよ」

「親方、その体で根津権現社まで行って荷物を担《かつ》ぎ、谷中の坂道を上って引き返してこられるとでもお思いですか」

おくまは、まるで母親が子供を諭《さと》すような物言いをすると、懐から手作りの巾《きん》着《ちゃく》を取り出した。

「おくまさん、余計なまねはするんじゃねぇよ」

芳次郎は怒ったような形相《ぎょうそう》で大声を発した。

「この四日の間に、炬燵やなんかを引き取る御《お》あしが手に入る当てでもあるんですかっ」

「なんとかするさ」

「なんとかって、親方」

おくまの叱声《しっせい》に、染みのある顔を俯《うつむ》けると、

「お前たち夫婦に、こんな面倒までかけられねぇよ」

薄縁の上で胡坐をかいていた芳次郎は、お勝とおくまにゆっくりと背を向けた。

谷中三崎町の坂を下りきったお勝は、おくまと並んで法住寺の角を根津権現社の方へと曲がった。

お勝は芳次郎に、期限まで待つと言って『作兵衛店』を出ようとすると、

「わたしも途中まで一緒に」

おくまが、芳次郎の家から帰る支度を始めたのだ。

「また来ますから」

お勝の待つ路地に出てきたおくまは、家の中に声を掛けたが、芳次郎からの返答はなかった。

「あたしの亭主は、芳次郎親方の最後の弟子なんですよ」

おくまは、道々、芳次郎との関わりについて、大まかな事情を口にした。

今年三十三になる、おくまの亭主の沢市《さわいち》は、十二の年に見習い奉公に就《つ》いて、二十五のときに、親方の芳次郎から独り立ちを許された。

「おれが錺職人として食っていけてるのは、親方のおかげなんだ」

何かというと、そんな言葉を口にする沢市は、普段から芳次郎の様子を気にかけていて、仕事で忙しいときは、おくまが『作兵衛店』に行くことがよくあると

いう。

夫婦の住まいは神田松永町《かんだまつながちよう》で、谷中の『作兵衛店』を訪ねることには、大した苦労はないのだと、おくまは笑みを見せる。

「ただ、親方はこの一年ばかり、寝込みがちなのが心配でしてね。仕事をしようにもこのところ、体や気持ちの踏ん張りが利かなくなったようで」

そこまで口にしたおくまは、谷戸川が二手に分かれる辺りでふと足を止めた。

「番頭さん、『岩木屋』さんはこの近くですよね」

「はい、根津権現社のすぐ傍ですから」

お勝は、右手前方に見える根津権現社の大木の梢《こずえ》を指さした。

「親方の質草代、やっぱり、わたしが肩代わりします」

「いいんですか」

「うちの亭主も、多分、そうすると思いますから」

そう言って、おくまはふっと苦笑いを浮かべた。

「それじゃ、証文をお渡ししますから、店へお寄りください」

お勝は先に立って、小川に架かる橋を渡った。

根津権現門前町の『岩木屋』の表の道に細かな雨が降っていた。

さっき鳴り始めた、七つ（午後四時頃）を知らせる鐘の音は、心なしか陰《いん》に籠《こ》もっている。

いつ頃降り出したのか、店の中にいたお勝も慶三も気づかなかった。

「音もなく降ってる様子は、かえって寒々しくていけませんね」

帰っていく客を送り出した後、表を覗《のぞ》いていた慶三が、肩をすくめて戸を閉めた。

「氷雨《ひさめ》っていうのは、こんな雨だね」

お勝は呟《つぶや》いて、帳場格子《ちょうばごうし》の傍の火鉢に片手を伸ばした。

谷中の『作兵衛店』からの帰り、神田に帰る途中のおくまが『岩木屋』に立ち寄ったのは、半刻（約一時間）以上も前である。

芳次郎の質草代を肩代わりしたおくまに証文を渡して、店から送り出したときには、まだ雨の気配はなかったから、降り出したのは、八つ半（午後三時頃）過ぎのことだろう。

「冷える冷える」

声を上げて奥からやってきたのは、蔵番の茂平を伴《ともな》った要助である。

損料貸《そんりょうが》しの品物などの修繕を担《にな》う要助は、板張りの火鉢の前で蹲踞《そんきょ》の姿勢を取ると、茂平ともども、湯気を立てる鉄瓶《てつびん》に両手を近づけた。

「慶三さん、みんなに茶でも淹《い》れてくれないかね」

「お、ありがたいね」

茂平は、両手をこすりながら笑み交じりの声を上げた。

「すぐに」

板張りに上がっていた慶三は、着物の袖口《そでぐち》で鉄瓶の蓋《ふた》を取って湯量を確かめると、帳場の奥へと入る。

すぐに、土瓶《どびん》と湯呑《ゆのみ》を人数分載せたお盆を持ってきた慶三は、茂平と要助が当たっている火鉢の傍で茶を淹れる支度を始めた。

戸の開く音がして、

「ごめんなさいよ」

外に傘《かさ》を置いた、五十ほどに見える男が、土間に入ってきた。

「おいでなさいまし」

お勝は、立とうとした慶三を制して、自ら土間の近くで五十男を迎える。

「わたしは、谷中感応寺新門前町、『作兵衛店』の大家で、末松《すえまつ》と申します」

末松の言う『作兵衛店』とは、芳次郎が住む長屋である。

「実は、住人の芳次郎さんから、預かり物をしましてね」

そう言うと、末松は、持参した布包みを板張りに置き、包みを解いてみせた。

そこには、帆布《はんぷ》のような厚地の布が巻かれ、紐《ひも》が結んであった。

帆布は、元は白かったようだが、手垢《てあか》や染みなどで変色して、焦《こ》げ茶色《ちゃいろ》に近い。

「中身は、これです」

結ばれていた紐を解いた末松は、巻かれていた布を広げた。

そこには、大工道具よりは小ぶりの金槌《かなづち》や木槌《きづち》が袋に挿《さ》してあり、その他に、様々な形の大小の鏨《たがね》が十本ばかり、小袋ごとに挿されていた。

「本当なら、自分が行かなきゃならないが、足腰が弱ってるうえにこんな天気じゃ覚束《おぼつか》ないので、わたしに質入れをしてくれないかと言いつかったんですよ」

「質入れですか」

お勝が眉《まゆ》をひそめると、末松は、

「この道具についた値から、百八十文を差っ引いて、預けていた質草の掻巻や布団などを引き取りたいというのが、芳次郎さんの言い分なんですがね」

と、小さく息を吐いた。

お勝は、挿されている鏨《たがね》のうちの一本を抜いて、眼の前に立てた。

刃先は鋭く尖《とが》り、研《と》ぎに怠《おこた》りはないようだ。

「見たところ、出来のいい鏨《たがね》ですよ」

火鉢の傍から首を伸ばして見ていた要助が、感心したように呟いた。

「大家さん、芳次郎さんには、二分で預かると伝えてくださいませんか」

「ほう、そんな値がつきますか」

末松には思いがけない高値だったようだ。

預かっていた質草の代金は、すでにおくまが肩代わりして払い終えているのだが、この場では伏せることにした。

「搔巻やら炬燵などを雨で濡らしてはいけませんから、預かっていたものは、二分と一緒に、明日お届けに上がろうと思いますが」

お勝の申し出に、

「わかりました。芳次郎さんにはそう伝えます」

末松は快《こころよ》く承知して、『岩木屋』の土間から表へと出ていった。

谷中三崎町の坂道は濡れているというほどのことはなかった。

昨日の午後降り出した小雨は、今日の朝方には止《や》んでいた。

お勝と車曳《くるまひ》きの弥太郎は、日が大分上がった四つ時分（午前十時頃）に、芳次郎の質草を荷車に載せて『岩木屋』を出た。

雨に濡れた坂道を心配して、大八車よりも軽くて小ぶりな荷車にしたのだが、車を曳くのに難儀するほどのことはなかった。

坂道に差しかかったところで、お勝は車の後押しを買って出たのだが、

「妙な力が入ると、かえって曳きにくくなりますんで」

と、弥太郎には断られてしまった。

谷中感応寺新門前町の小路に入ったお勝と弥太郎は、『作兵衛店』の木戸の外に荷車を止めた。

芳次郎の家は路地の奥だが、炬燵など四品なら、弥太郎と二人で運べるくらい軽い。

手焙りと炬燵布団を抱えたお勝は、炬燵の櫓と掻巻を抱えた弥太郎の先に立って、路地の奥へと足を向けた。

すると、芳次郎の家の窓から煙が流れ出ているのが見えた。

芳次郎が煮炊《にた》きでもしているのだろうか。

「芳次郎さん、『岩木屋』ですが」

戸口に立ったお勝が声を掛けると、

「はい」

男の声がして、中から戸が開けられた。

「『岩木屋』っていうと、根津権現社の傍の質屋でしたかね。いや、昨日、かかあから聞いたもんだから」

土間に立っていた三十過ぎの男が、そう口にした。

「それじゃ、神田のおくまさんのご亭主の？」

「沢市でして」

沢市は、お勝に小さく頭を下げた。

「荷物持ってきたんなら、運び入れてもらいてぇな」

沢市の背後から、芳次郎の声がした。

「ただいま」

お勝は返事をして、手焙りを土間の近くの框に置くと、路地の弥太郎が差し出す炬燵と搔巻を二度に分けて受け取り、やはり框に並べた。

その間、沢市は湯気を上げていた釜の蓋を取って様子を見ると、火の点《つ》いた薪《まき》を竈《かまど》から引き落とした。

　そしてすぐに土間を上がり、

「親方、夏のもんは取って、これを羽織ってください」

　胡坐をかいた芳次郎の背中に、広げた搔巻を掛けた。

「弥太郎さん、わたしはこちらで話があるから、先に帰っておくれ」

「わかりました」

　戸口に立っていた弥太郎は、家の奥に頭を下げると、木戸の方へと去っていった。

「番頭さん、あの道具に、二分の値をつけてくれたそうだねぇ」

　芳次郎が、土間に立ったお勝に笑みを向けた。

「ですが、この道具は質入れなさらなくてもいいんでございますよ」

　お勝は、ふたつに折った炬燵布団に挟んでいたものを出して、框に置いた。

　昨日、末松が持ってきた、質草の道具袋である。

「金も払わずに、炬燵や搔巻を返してくれるって言うのかい」

　芳次郎は眉をひそめた。

「親方、その分は昨日、うちのかかぁが肩代わりしましたから、心配なさらねぇでもらいてぇ」

「余計なことをしやがって」

芳次郎の顔が、みるみるうちに険しくなる。

「だけど親方、何も道具を質に入れることたぁないじゃありませんか。百八十文の質草に、二分の値のつく道具を引き換えにすることはねぇですよ」

「何も、質草を引き取るためだけの金じゃねぇ。年を越さなきゃならねぇってときに、日々の暮らしを立てる銭もねぇんだよ」

「錺職人が道具を手放したら、どうやって仕事をするんですか。仕事ができなきゃ、稼ぐに稼げないじゃありませんか」

激しい言葉を親方にぶつけて、沢市は唇《くちびる》を噛《か》んだ。

何か言おうとした芳次郎はがくりと俯いて、小さくふうと息を吐く。

「沢市よぉ、道具があったってな、今のおれにゃ、腕に自信が持てねぇんだ。コツコツと細かく鏨《たがね》を叩き続ける根気ってものがねぇんだよ」

「そんなこと、親方の口からは聞きたくねぇ！」

今にも泣きそうな顔をして、沢市が吠《ほ》えた。

「そんなおれには、こんな道具があったって、無用の長物《ちょうぶつ》ってことだよぉ」

張りのない声を出して、芳次郎は薄縁の上にゆっくりと仰向《あおむ》けになった。

「そんなこと、口にしねぇでもらいてぇ！　道具は、錺職人の命と言っていたのは親方じゃありませんかっ！　命は、仕事がなくったって、手元に置いとかないでどうするんですかっ。美味《うま》いもの食って、滋養《じよう》さえつければ、昔みてぇに元気が出ます。そしたら、仕事だってできるんだって、そう信じてもらいてぇ。投げやりな親方なんか、おれは見たくねぇ！」

「だがよ」

芳次郎は口を挟んだ。

だが、その小声は届かなかったらしく、沢市はさらに言葉を続ける。

「暮らしのことは気にしねぇでもらいてぇと言ったじゃねぇですか。今のおれなら、親方一人の面倒ぐらい見られるんですよ。それもこれも、弟子の時分、数えきれないくらい怒鳴られ、叱《しか》られ続けたおかげなんです。そのお礼を、今やっとしようとしてるんです。どうか、おれに甘えてもらいてぇ」

揃えた膝に両手を突っ張るように置いて俯いた沢市の口から、くぐもったうめき声が洩れる。

懸命に嗚咽《おえつ》を堪《こら》えている音だった。

寝転んで天井を見ている芳次郎の目尻に、涙の流れた痕《あと》があるのに、お勝は気づいた。

三

根津権現社の境内《けいだい》に、九つ（正午頃）を知らせる時の鐘が微《かす》かに届いている。

風向きによっては、日本橋本石町《にほんばしほんこくちょう》の時の鐘が届くこともあるが、今聞こえているのは、上野東叡山のものだろう。

お勝は、沢市と並んで茶店の縁台で茶を飲んでいる。

芳次郎の昼餉の支度をしたら帰るという沢市を待って、お勝は連れ立って『作兵衛店』を辞したのだ。

芳次郎の昼餉は、沢市が炊いていた粥と、買い求めてきたという大根の煮しめや佃煮《つくだに》だった。

「後は一人でいいよ」

芳次郎の声に押されて『作兵衛店』を後にした沢市を、お勝が根津権現社に誘うと、

「はい」

笑みを浮かべて応じてくれた。

質屋の仕事とは関わりなく、芳次郎と沢市の間に漂う師弟関係の濃さに、お勝の好奇心が疼《うず》いていたのである。

「昨日、おくまさんから聞きましたけど、沢市さんは芳次郎さんの最後の弟子だそうで」

「さようで」

沢市は、お勝の問いかけに答えた。

二十一年前、十二の沢市が錺職の見習いとして弟子入りしたとき、芳次郎は芝神明前に住んでいた。

その時分、芳次郎の手による銀の細工物は評判だったという。

しかし、芝神明の家に住み込んですぐ、女房と一人娘のお波《なみ》は、頑迷《がんめい》なうえに酒癖のよくない芳次郎に困りきっていることを知った。

住み込みの弟子は、沢市の他に二人おり、通いの職人も二人いたのだが、芳次郎から容赦《ようしゃ》なく見舞われる拳骨《げんこつ》やきつい叱りに耐えきれず、三年もしない間に、住み込みの弟子は沢市一人になり、通いの職人も一人になった。

そんな芳次郎に愛想《あいそ》を尽かした女房のお貞《さだ》は、十年前、十五になったお波を連れて、芝神明の家を飛び出した。

そのことに芳次郎は怒り、さらに酒量は増し、仕事は激減していった。

芝の家にただ一人残っていた沢市は、細々とした請負《うけおい》仕事をこなしながら、芳次郎の食事の面倒まで見ていた。

それから二年後、沢市は芳次郎に勧められて、神田松永町で独り立ちをすることになった。

芝の家を出るに際して、

「独り立ちしても、わたしの親方は親方一人です。わたしでよければ、手が要ることがあったら、いつでも声を掛けてください」

そう言い残したのだが、その後、芳次郎から声が掛かることはなかったと苦笑いを浮かべて、沢市は境内の楠《くすのき》を見上げた。

そして、

「独り立ちしてすぐ、わたしは、親方の元を飛び出したおかみさんとお嬢さんの行方を捜し始めました。いつかは、親方の元に戻ってもらいたいという思いもありましたし、もし、おかみさんとお嬢さんが苦労していなさるなら、手を差し伸べるよう、親方に頼み込むつもりもあったんです」

とも打ち明けた。

独り立ちすると、自分の裁量でときを使うことができるようになった。

しかも、出ていった母娘を捜す心当たりが、沢市にはわずかにあったのだ。

何年か前、お貞の叔母《おば》とか従姉《いとこ》とかいう人が、増上寺参詣《ぞうじようじさんけい》のついでに神明前の家を訪ねてきたことがあった。

その人が、二人は小石川《こいしかわ》の伝通院《でんづういん》近くに住んでいると言ったのを、微かに覚えていた沢市は、暇《ひま》を見つけると、小石川へと足を延ばし、行き合うことがあるかもしれないという一縷《いちる》の望みを抱いて、当てもなく歩いた。

一年が経った頃、伝通院の表門へと延びる安藤坂《あんどうざか》を下っているとき、風呂敷包みを抱えて上ってきたお貞とばったり顔を合わせた。

住まいは安藤坂の上の陸尺町《ろくしやくちよう》の長屋だが、お貞の仕立て直しと、近くの医者の家の台所女中をしている、十八になったお波の給金で暮らしを立てていることがわかった。

「だけど沢市さん、わたしたちがここにいることは、あの人には黙っていてくださいね」

お貞は、釘を刺した。

承知した沢市は、念のため神田松永町の自分の住まいを教えた。

すると、お貞は少し迷った末に、

「もし、あの人に何かあったときは、陸尺町の『天神店《てんじんだな》』に知らせておくれ」

そう言い残して、坂道を上っていった。

「ところが、今からちょうど五年前です」

飲み干した湯吞を脇に置いた沢市が、ため息交じりに声をひそめた。

「所帯を持った神田の長屋に、物売りがやってきまして、暇を見つけて、芝神明の家に来てもらえないかという、親方からの言付けを置いていったんです」

沢市は、翌日、朝餉を摂《と》るとすぐ、芝の芳次郎の家を訪ねた。

促《うなが》されて家の中に入った沢市は、真っ先に線香の匂いに気づいたという。

作業場の奥の、坪庭《つぼにわ》のある部屋に通されると、真新しい仏壇に、位牌《いはい》がふたつ並んでいた。

「大きい方が、お貞で、隣のがお波だ」

位牌を指さした芳次郎は、ぶっきらぼうな物言いをした。

「わたしは、あっと、声を上げそうになりましたよ。親方が、怒りにまかせて、二人を殺したんじゃないかと思いまして」

「それで、二人はどうして」

あまりの出来事に、お勝は大きく口を開けた。

「親方が言いますには、三月前《みつき》、いきなりお貞さんが神明前の家にやってきたんだそうです。お貞さんの顔に精気はなく、体も痩《や》せ細っていて、一言、お波が死んだと呟いて倒れ込んだということでした」

沢市は、そのとき、芳次郎から聞いた話を続ける。

五年前の江戸は、『疫癘《えきれい》』とか『疫病《えや》み』とか呼ばれる流行病《はやりやまい》が広がった年だった。

人々は、流行病の恐怖に戦々恐々《せんせんきょうきょう》とし、疑心暗鬼《ぎしんあんき》にもなっていた。

そんなとき、小石川辺りで、流行病を撒《ま》き散らしているのは、医者の家で台所女中をしているお波らしいという噂《うわさ》が流れた。

すると、お波は即刻、医者の家から暇を出され、住んでいた長屋から、母親ともども追い出されるという事態となった。

それればかりか、夫婦約束をしていた医者の弟子にもそっぽを向かれたお波は、牛天神《うしてんじん》にある桜の木で、首を括《くく》って死んだ。

「おかみさんは、そのことを知らせに来てから三月後に、親方の家で息を引き取ったということでした」

そう口にして、沢市はがくりと首を折った。

芳次郎に何かあったら知らせてくれと言っていたお貞の方が先に逝《い》ったのが、なんともやるせないと、沢市は声を詰まらせた。

お貞が死んだ後、芳次郎は、流行病を広げたのがお波だという噂が立ったのはどうしてか、仕事の合間に小石川近辺を調べ歩いたようだと、沢市は言う。

三月ばかり小石川に通い続けた芳次郎は、噂を撒き散らしたのは、お波が奉公する医者の近くにある、大勢のお針子《はりこ》を抱えた仕立物屋《したてものや》に出入りする、貸本屋の義助《ぎすけ》だということに辿《たど》り着いた。

いくら口説《くど》いても靡《なび》かないお波に業《ごう》を煮やした義助が、腹立ち紛《まぎ》れに陥《おとしい》れたのだというのが、芳次郎の見解だった。

そして、

「おれはこの三月で精根《せいこん》を使い果たして動けなくなっちまった。沢市、頼むから、義助っていう貸本屋の居所捜しを手伝ってくれねぇか」

芳次郎からそう懇願《こんがん》されたのだと打ち明けた。

沢市は芳次郎の頼みを聞いて、仕事の合間に小石川の伝通院一帯を歩き回り、武家屋敷や大店、片隅の娼家《しょうか》をも覗いて義助に関することを調べると、谷中辺りに住んでいるということは浮かび上がったが、なんという町のどこに住んでいるかということまではわからなかった。

「そのことを話したら、親方は芝を引き払って、三年前に谷中の『作兵衛店』に移り住んだんですよ」

「芳次郎さんは、なんのために谷中に――」

お勝が呟くと、

「義助を見つけ出して、殺すためですよ」

と、沢市は掠れた声を出した。

娘のお波の仇《かたき》を取りたいから手伝ってくれと頼まれた沢市は、今でも義助捜しを続けているのだと、お勝に告白した。


『ごんげん長屋』からほど近いところにある居酒屋『つつ井』は、根津権現門前町の表通りにある。

根津の岡場所のある通りからは一本東側にある通りだから艶《なま》めかしくはないが、色町《いろまち》の匂いとさんざめきは、日暮れとともに『つつ井』の近辺にまで漂う。

『つつ井』の板張りで車座《くるまざ》になっているのは、お勝をはじめ、庄次と与之吉、それに鶴太郎である。

『ごんげん長屋』で子供たちと夕餉を摂ったお勝は、貸本屋の与之吉の帰りを待った。

六つ半（午後七時頃）少し前に、与之吉は表通りで会ったという庄次と一緒に帰ってきた。

「与之吉さんにちょっと尋ねたいことがあるんだけど、『つつ井』にでも行かないかい」

お勝の誘いに与之吉はすぐに応じたが、庄次までついていくと言い出した。

他の者に聞かれてはまずい話ではないので、庄次も連れて『つつ井』の暖簾《のれん》を潜った。

「おや、珍しい取り合わせだ」

客で半分ほど埋まった板張りから、首を伸ばして声を張り上げたのは、十八五《とおはちご》文《もん》の鶴太郎だった。

座を別にするのも妙なので、お勝は、鶴太郎が飲み食いをしている傍に、与之吉と庄次とともども腰を下ろしたのである。

それから四半刻ほどが経って、車座になっている四人の前には、二合徳利《にごうどつくり》が二本と、料理の少なくなった小鉢《こばち》や皿が雑然と並んでいる。

「それでお勝さん、わたしに話というのはなんなんで？」

盃《さかずき》の酒を飲み干した与之吉が、思い出したように口を開いた。

「話というか、貸本屋の与之吉さんに、聞きたいことがあったんだよ」

「何ごとですか」

与之吉は、一向に思い当たる節《ふし》はないという顔をして、片手で頬を撫でる。

「与之吉さんと同業の貸本屋で、義助という人に心当たりがないかと思ってね」

そう切り出したお勝は、貸本の荷を担いで、主に小石川近辺を歩いている男だということを伝えたが、首を括ったお波に関わる過去話は伏せた。

「義助ねぇ」

小さく口にした与之吉は、一、二度首を傾げ、

「小石川の辺りを回る貸本屋で義助ってのは、聞いたことはありませんね」

「ご同業と言っても、人数は多いだろうしね」

お勝が苦笑いを浮かべると、

「そりゃそうだよ、お勝さん。貸本屋の数は、おれら十八五文《とおはちごもん》の薬売りより多い

んじゃねぇかねぇ」

両方の眉尻《まゆじり》が跳ね上がっている鶴太郎が、顔をしかめて、さらに眉尻を逆立てた。

十八五文は、十八粒の丸薬《がんやく》を五文で売る薬売りで、『何にでも効く万能薬』という触れ込みだった。

鶴太郎によれば、

「効くか効かないかは、飲んだ人の心の持ちようですから」

ということになる。

「けど、なんでまたお勝さんが貸本屋に用があるんで？」

濃い眉毛を動かして、庄次が問いかけた。

「ときどき、『岩木屋』に損料貸しを頼みに来るお客さんが、昔、内藤新宿《ないとうしんじゅく》で世話になった貸本屋が、この辺りにいるらしいと、噂に聞いたと言うんだよ」

作り話をしたお勝は、義助という貸本屋は、谷中にいるらしいと付け加えた。

「谷中と言っても、不忍池の北側から新堀村《にっぽりむら》の近くの谷中本村《やなかほんむら》まであるし、広いよぉ」

そう言うと、首を傾げた庄次は、徳利を摘《つ》まみ、自分の盃に注ぐ。

「しかし、貸本屋に世話になったという人もいれば、恨《うら》みを持たれる貸本屋もいるらしいからなぁ。ね、与之さん」

　ほろ酔いの顔に笑みを浮かべた鶴太郎が、与之吉を見る。

「その、恨まれるっていうのはなんなんです、鶴太郎さん」

　お勝が尋ねると、

「店商《みせあきな》いの本屋はともかく、本を担いで貸して回る貸本屋が相手にするのは、大方が、武家屋敷の娘や奥女中、大店の娘や住み込みの女奉公人、それに、吉原《よしわら》や岡場所の女郎衆たちなんですよ。そんな女たちと親しくなれば、ついつい艶《つや》っぽい間柄にもなるじゃありませんか。中には、亭主のある女とも仲良くなる貸本屋もいることだろうし、女に言い寄って惚《ほ》れさせて、銭金を貢《みつ》がせる手合いもいるという噂も聞くんですよ」

　鶴太郎は事細かに裏話を披露《ひろう》してくれた。

「どうなんだい与之吉さん。そんな、いい思いをしたことがあるのかい」

　庄次が好奇心も露わに身を乗り出すと、

「まぁ、よくない噂を聞くこともありますが、わたしは、お相手に恨まれるようなことは、金輪際《こんりんざい》ありませんがね」

与之吉は小さな笑い声を上げる。

「恨まれはしないが、いい思いはしたということだね」

庄次の追及に、与之吉はただ、ふふと笑ってはぐらかした。

物腰が柔らかく、一見お店の若旦那らしき風情《ふぜい》を漂わせる与之吉は、普段から着る物に気を使っているから、女は放っておかないだろうと思われる。

朝、出掛けるときなど、着ている着物から香が匂うこともあった。

「器を下げさせてもらいますよ」

土間を上がってきたお運び女のお筆《ふで》が、空いた器を板張りに置いた盆に音を立てて重ね始め、

「もう注文はないのかい」

ぶっきらぼうな物言いをした。

「ほら、『つつ井』のお運び婆ぁが、催促《さいそく》してるぜ」

庄次が憎まれ口を叩いたが、四十の半ばだと聞いたことのあるお筆は、そんなことで動じるようなたまではない。

「食い物はもういいから、徳利をあと、二本頼まぁ」

鶴太郎の注文に、はいよと返答して、お筆は足音を立てて土間へ下りた。

「酒はもういいから、わたしは、ここらで帰らせてもらうよ」

お勝はそう言うと、巾着から摘まんだ一朱を車座の真ん中に置いて、腰を上げた。

「悪いね、お勝さん」

鶴太郎が口にすると、

「ごちそうさま」

と、庄次が続いた。

「お勝さん」

土間で下駄《げた》を履いたところで、与之吉から声が掛かった。

「谷中の義助ということまでわかってるなら、商売仲間に聞けばもしかしたらわかるかもしれないから、待っていてください」

「あぁ」

小さく頷いたお勝は『つつ井』の表へ出て、『ごんげん長屋』の方へと向かいかけたところで、ふと足を止めた。

義助の居所を探ろうとしていることに、突然、迷いが出た。

居所がわかったら、自分は芳次郎に伝えようというのか――そのことが躊躇《ためら》われる。

居所を知らせたら、義助は芳次郎の殺しの的《まと》になるということなのだ。

ふっと、小さなため息をついて、お勝はゆっくりと歩《ほ》を進めた。

四

降り積もった雪からの照り返しが、きらきらと両眼に突き刺さる。

日が昇ってから、およそ四半刻が経っていた。

『ごんげん長屋』を出たお勝は、表通りを右へ曲がって、根津権現社の方へと向かっていた。

雪は止んでいるが、一寸（約三センチ）ばかり積もった道は、歯の高い下駄を履いていても歩きにくい。

仕事に向かう人の行《ゆ》き交《か》いは普段よりも少ないが、若い職人も雪道に気を取られて、足取りは鈍《にぶ》い。

貸本屋の与之吉に、同じ稼業の義助という男について尋ねた夜から、四日が経った十二月十三日である。

雪道の歩行を考えて、いつもより早く『ごんげん長屋』を出たお勝が、根津権現門前町の質舗『岩木屋』に着いたのは、いつも通り、店を開ける四半刻ほど前だった。

手代の慶三をはじめ、他の奉公人たちは、お勝より少し先に着いていて、客を迎える土間や帳場周りの掃除や、板張りに置かれたふたつの火鉢に熾火《おきび》を置いたりして、開店の準備に抜かりはなかった。

「みんな、茶でもお飲み」

店を開ける支度が整ったところに、奥からやってきた台所女中のお民が、湯呑を載せたお盆を置いた。

「ありがたいね、お民さん」

五十に近い蔵番の茂平が声を掛けると、車曳きの弥太郎、修繕係の要助、手代の慶三がお盆の周りに腰を下ろし、そこにお勝も交じった。

「お民さん、いただきます」

お勝が湯呑を取ると、他の者たちも口々に礼を言って、湯呑に手を伸ばす。

「はぁ」

ひと口茶を飲んで、お勝は思わず両肩の力を抜いた。

「どうしたんだね、お勝さん」

お民から気遣《きづか》うように顔を覗き込まれたお勝は、

「今朝は、暗いうちから慌ただしくってさぁ」

片手を打ち振って、小さく笑い声を上げた。

今朝の『ごんげん長屋』は、夜明け前から慌ただしかったのだ。

「おぉ、こんなに積もりやがったよぉ」

「今日の仕事は、なしだな」

腰高障子の戸口の外から、男の声が飛び交い始めて、お勝は目覚めてしまった。

いつも、夜明けとともに『ごんげん長屋』を出ていく、植木屋の辰之助と左官の庄次の声だった。

「この雪じゃ歩くのに難儀するし、解けたら解けたで足元はぬかるんで厄介《やっかい》なことだぜ」

江戸府内の町々への小さな届け物や文を請《う》け負う、町小使《まちこづかい》の藤七のしわがれた声も加わった。

「雪だってさ」

声を上げた幸助は布団を抜け出すと、綿入れを羽織って土間に下り、出入り口の腰高障子を顔半分ほど開けた。

「幸ちゃん、雪なの？」

布団から首を伸ばしたお琴が問いかけると、

「真っ白だ」

さらに戸を開けて顔を外に突き出した幸助の口から、感嘆《かんたん》の声が上がった。

「寒いから戸を閉めてよぉ」

布団に入ったままのお妙が口を尖らせた。

「そろそろ夜も明けるだろうから、朝の支度を始めるよ」

お勝が号令を掛けて自分の布団を畳《たた》み始めると、子供たちもそれに続き、部屋の隅に布団を重ねた。

子供たちより先に着替えを済ませると、お勝は朝一番に、火熾《ひおこ》しに取りかかる。

竈で火が熾《お》きたら、研いだ米を入れた釜を載せ、七輪《しちりん》と火鉢にも火を分けて炭を足す。

七輪には味噌汁《みそしる》のための鍋を載せ、火鉢には鉄瓶を載せて湯を沸《わ》かすのだ。

そんな朝の日課をこなし、味噌汁に入れる大根を流しで切っていると、土間の明かり取りが白んできた。

「国松《くにまつ》さん、こんな日でも仕事ですか」

　井戸端の方から、辰之助の女房、お啓の声がした。

「霊岸島《れいがんじま》には、酒や酢《す》や醤油の樽《たる》を積んだ船が来てますから、樽ころのわたしらが休んだら船は動けずに、船着き場は往生《おうじよう》します」

　国松のように、四斗樽《しとだる》の荷揚《にあ》げ、荷下ろしに力を発揮する者を、霊岸島辺りでは樽ころと呼んでいる。

　岩のような体つきの国松は、その風貌には似合わぬ優しげな声音《こわね》でお啓に答えた。

「国松さん、行ってらっしゃい」

　路地からそんな声が投げかけられた直後、

「お勝さん、朝から失礼します」

　と、国松を見送った沢木栄五郎の遠慮がちな声がした。

「お師匠様だ」

　寝巻を畳んでいたお妙が土間に下りて戸を開けると、案の定、手跡指南所の師匠を務める栄五郎が土間に立って、

「谷中の方から坂を下ってくる子供たちに雪道は危ないので、今日の指南所は休みにします」

と、一気に告げた。

「わたしはこれから、指南所に通ってる子供たちの家々を回りますので、これにてごめん」

小さく腰を折ると、栄五郎は慌ただしく路地に出ていった。

「そしたら、幸ちゃんもお妙もずっと家にいられるね」

そう言って、お琴は不敵な笑みを浮かべた。

「家にいると、なんだよ」

「今日は十三日の煤払いだから、二人の手があると助かるなと思って」

お琴は幸助にそう言うと、お妙に眼を移して、ふふふと笑った。

「お琴、日が昇るかどうかわからないし、煤払いは何も今日じゃなくてもいいよ」

包丁《ほうちょう》を置いたお勝がそう言うと、

「おれんとこは、今日の煤払いは取りやめだぁ。師走のしきたりなんかは、こう、からっと晴れた日じゃないとね」

井戸端の方から、威勢のいい岩造の声がした。

「ほらぁ」

幸助は、岩造の意見に我が意を得たとばかりに、嬉しそうな笑みを浮かべた。

「そしたらおっ母さん、わたし、弥吉ちゃんをうちに呼んで、字を教えてもいいよね」

「お琴にお聞き」

「お琴姉ちゃん」

お妙が、窺うように見上げると、

「いいよ」

お琴は、仕方がないと言うように、頷いた。

「わたし、弥吉ちゃんにそう言ってくる」

綿入れを着込んだお妙は、土間の下駄に足を通すと、路地へと飛び出した。

「お妙ちゃん、雪道は急いじゃ駄目だよ」

お富の声が路地に響き渡って、今朝の『ごんげん長屋』の騒がしさは頂点に達したのである。

『岩木屋』の板張りに座って、湯呑に残っていた茶を一気に飲み干したお勝は、

「お民さん、ごちそうさま。人心地《ひとごこち》つきましたよ」

高らかに声を上げた。

他の奉公人たちからも、お民に声が掛かると、

「店はお前さん方に頼んだよ」

お民は芝居の敵役《かたきやく》のような顔を作ってそう言うと、突然ははと笑い、湯呑を載せたお盆を持って奥へと引っ込んでいった。

「さぁて。大戸《おおど》を開けましょうかね」

お勝の呼びかけに、奉公人たちが一斉に腰を上げる。

すると、五つ（午前八時頃）を知らせる時の鐘が、遠くの方から届き始めた。

店を開けて一刻（約二時間）以上も経ったが、『岩木屋』には一人の客もなかった。

日は昇り風もない陽気なのだが、雪が解けてぬかるんだ道を歩くのを、誰もが避けているようだ。

お勝は帳場に座って、質の出し入れの帳面を眺《なが》めている。

芳次郎の他に、質草の預かり期限の迫っていた他の客は、この三、四日のうちに金を持参して、全員が引き取っていった。

これから大晦日までの間に、預かり期限の迫っている質草が十件以上あるのが、いささか気がかりではある。

「ごめんよ」

　声を掛けながら、出入り口の戸から土間に入ってきたのは、根津権現門前町の目明かしの作造である。

「何ごとですか」

「朝早くから駆り出されて、手も足も凍《こご》えてしまったから、せめて手だけでも火鉢に当たらせてもらおうと、寄らせてもらったよ」

「それはそれは」

　お勝は、作造が腰を掛けた土間近くに火鉢を動かして、その傍《かたわ》らに膝を揃えた。

「何か、捕り物でもありましたか」

「いやぁ。三崎坂の途中で、痩せ細った爺さんが凍え死んでいたんだよ」

　作造が口にした痩せ細った爺さんというのが、お勝には気になった。

「その死人の身元はわかってるんですか」

「いや、それがまだなんだよ」

　作造によれば、亡骸《なきがら》はとりあえず、谷中三崎町の自身番に運び込んだという。

　そのうえで、谷中三崎町の目明かしと下っ引きたちと手分けして、近隣を訪ね回ることにしたのだが、谷中の坂道に難渋《なんじゅう》してしまい、未だに身元はわからないのだと、ため息をつく。

「痩せ細った爺さんには、他に何か目立つようなものはありませんでしたかね」

「この寒空に、綿入れ一枚着込んだだけで死んでいたんだが、顔の、左眼の辺りに、赤黒い痣《あざ》というか、染みのようなもんがいくつもあったな」

作造の言う赤黒い痣とも染みとも言えるものが、芳次郎の顔にあったことをお勝はすぐに思い出した。

「それに、綿入れの袂《たもと》に、よく錺職人が使う、片方が鋭く尖った、そうだな、長さにして六寸（約十八センチ）ばかりの棒のような鏨《たがね》が入っていたよ」

「作造さん、わたし、その死人に心当たりがあります」

お勝は、抑えた声で告げた。


目明かしの作造とともに『岩木屋』を出たお勝は、難渋しながらも雪道を進んだ。

主の吉之助に帳場を頼むと同時に、神田松永町の沢市に谷中三崎町の自身番に来るようにとの言付けを、車曳きの弥太郎に託してから『岩木屋』を出ていた。

谷中三崎町に向かう道々、お勝は作造に、顔に赤黒い痣のようなもののある老爺は、『岩木屋』に質草を預けていた、『作兵衛店』の芳次郎に似ていると打ち明けていた。

「だが、その爺さんが、なんでまた三崎坂で凍え死んだんだ」

作造は独り言のように呟いたが、それは、お勝にも不可解なことである。

谷中三崎町の自身番は、大円寺と道を挟んだ向かい側にあった。

先に立った作造に続いて、砂利《じゃり》の敷かれた表から框を上がったお勝は、三畳の畳の間に入った。

中で、火鉢に炭を足していた町内の若い衆が、作造に頭を下げた。

「若い衆、すまないが、谷中感応寺新門前町の『作兵衛店』の大家をここに呼んできてもらいてぇ」

「へぇ」

若い衆は作造に頭を下げると、外へと出ていった。

「お勝さん、こっちだ」

作造は、畳の間の隣にある、やはり三畳ほどの板張りにお勝を誘い入れる。

そこには、筵《むしろ》の掛けられた死体と思しきものが横たえられていた。

作造はすぐに筵を捲《めく》って、死人の顔をお勝に見せる。

「どうだね」

作造に尋ねられて、

「間違いありません」

お勝は大きく頷いた。

筵の下には、紛れもなく、生気の失《う》せた芳次郎の顔があった。

その顔に、作造が筵を掛けた。

ほどなく戻ってきた若い衆に伴われた大家の末松が来て、死人はやはり、『作兵衛店』の住人の芳次郎だと口にした。

それから四半刻ばかり後、自身番に戻ってきた土地の目明かしと下っ引き、それに町内の男たちによって、芳次郎の亡骸は『作兵衛店』に運び入れられた。

大家の末松の指示により、『作兵衛店』の住人の手で簡素な祭壇《さいだん》が設《しつら》えられ、花と線香立てが置かれた。

その祭壇に手を合わせた住人たちはすでに引き揚げ、芳次郎の家には、お勝と作造と末松が残った。

それから間もなく、息を切らせて駆け込んだ沢市が、土間に突っ立った。

「さっき話した、芳次郎さんの弟子の沢市さんです」

お勝は、小声で作造に伝える。

板張りに上がって芳次郎の死に顔を見た沢市は、顔を俯けて大きく息を吐くと、

「親方は、どこで死んでいたんですか」

掠れるような声で、誰にともなく尋ねた。

それに答えるように、作造は沢市に膝を向け、

「谷中三崎町の権助《ごんすけ》親分によると、仏さんは、三崎坂の途中にある立善寺《りゅうぜんじ》の四脚門《しきゃくもん》の外で、門柱にもたれていたそうだ」

作造が権助から聞いたところによれば、夜明け間近に、立善寺の隣にある酒井《さかい》家の屋敷に通う若党によって見つけられたという。

その若党は権助に、

「見つけたときは、着物には薄く雪が積もっていたから、かなり以前から山門《さんもん》に座り込んでいたのではないか」

そう言い残していたことも作造は伝え、さらに、

「仏さんはなんでまた、綿入れの袂に鏨《たがね》を入れておいたかというのが、さっぱりわからねぇ」

と口にして首を傾げた。

そのとき、沢市が軽く音を立てて息を呑《の》んだことに、お勝は気づいた。

「芳次郎さんの弔《とむら》いは、わたしどもで済ませますが、家の中の持ち物はどうしたもんでしょうなぁ」

大家の末松は、恐る恐るお伺《うかが》いを立てた。

「それは、以前から仏さんの世話をしていたっていう沢市さんにまかせた方がいいだろうよ」

そう口にした作造に眼を向けられたお勝は、小さく頷いて賛意を示した。

すぐに立ち上がった沢市は、部屋の隅に置いてあった柳行李《やなぎごうり》を抱えて、お勝と作造の前に置き、蓋を取った。

「持ち物で残さなきゃならないものと言えば、ふたつの位牌と、こんなものです」

沢市は、ひとつひとつ布に包まれていたふたつの位牌を板張りに立てると、その横に、巾着らしき袋と、見覚えのある帆布の道具袋を置いた。

「この位牌は」

「へぇ。親方のおかみさんとお嬢さんのものでして」

沢市の言葉に、作造は黙って頷く。

「他の、布団や鍋釜なんかの処分は大家さんにおまかせしますが、親方の道具はわたしが貰い受けたいのです」

「あぁ、それはどうぞ」

末松は、沢市の申し出に応じた。

すると、沢市が巾着らしき袋を逆さまにして、片方の掌《てのひら》でジャラリと中身を受けた。四、五十ほどの一文銭である。

その金を末松の前に置くと、

「わずかですが、親方の弔いにこの銭を使ってもらいてぇ」

と、両手をついた。そして、

「弔いの後、親方の骨は、芝の寺にある、おかみさんとお嬢さんの墓に入れてやりたいので、位牌はわたしがお預かりしとうございます」

沢市は、額をこすりつけた。

「承知しました」

末松も沢市に向かって両手をついた。

# 五

九つ（正午頃）を知らせる時の鐘が鳴り終わった頃、お勝は沢市とともに『作兵衛店』を後にした。

「沢市さん、帰りはお急ぎですか」

根津権現社近くに差しかかったところで、お勝はさりげなく尋ねる。

「いえ、急ぎの用はありませんが」

「それじゃ、蕎麦屋《そばや》にでも行きませんか」

「お供します」

沢市は、お勝の誘いに、迷うことなく応じた。

お勝が案内したのは、『岩木屋』からほど近い、水路際にある馴染《なじ》みの蕎麦屋である。

「小部屋を頼みますよ」

土間に入るなり、お勝は顔馴染みのお運び女に声を掛けた。

「こちらへ」

お運び女に続いて土間を上がったお勝と沢市は、板張りの客の間を通り抜けて暖簾を潜ると廊下を奥に進み、六畳の部屋に通された。

お勝と沢市は、盛り蕎麦を頼むと、

「少しお待ちを」

廊下に膝を揃えていたお運び女は、板戸を閉めた。

部屋は、庭側の二枚の障子に外光が満ちていて、明るい。

「沢市さん、実は、お前さんに聞きたいことがあって、ここへ誘ったんですよ」

笑みを浮かべたお勝は、静かに口を開いた。

沢市は、特段構えるような様子もなく、お勝に眼を向けた。

「さっき、目明かしの作造親分から、芳次郎さんが死んでいた場所を聞いて、小さく息を呑んだのはなぜか、そのことを伺いたかったもんですから」

お勝の問いかけに、沢市は小さく『あ』という口の形をして、眼を泳がせた。

だが、すぐに小さく息を吐いて、軽く俯いた。

ほんのわずかな沈黙の後、沢市は思い切ったように顔を上げた。

「親方が捜し求めていた、貸本屋の義助の居所は、本当は半年前に、わたしは知っていたんですよ」

沢市の口から思いもよらない話が飛び出して、お勝は、返す言葉が見つからない。

義助の住まいは、駒込千駄木坂下町と境を接した下駒込村《しもこまごめむら》の、打ち捨てられた小さな百姓家だった。

「でもわたしは、その後もまだ居所は見つからないと、親方には嘘《うそ》を言い続けておりました。教えたら、義助を殺しに行くに決まってますから。気持ちはわかりますが、親方を人殺しにだけはさせたくなくて」

そこまで話すと、大きく息を継《つ》いだ沢市は、

「この前お勝さんと話をした翌日、女房がこさえた食い物を持って、親方のところへ行ったんですよ」

そのとき、芳次郎の様子は、前日よりもさらに精気が失せているように見受けられたと、声を掠れさせた。

気落ちもしているし、生きる張りというものがないように見えたと、沢市は言う。

芝神明の作業場で弟子を怒鳴りつけ、拳骨を振るっていた芳次郎の顔と体が、小さく細くなっているのが悲しかったとも続け、声を震わせた。

「それで、なんとか親方に生きる張りを持ってもらおうと、近くに住んでいる義

助は何日かに一度は必ず、谷中本村にある大名家の抱え屋敷の中間部屋《ちゅうげん》で開かれる賭場《とば》に行っているのだと話したんです」

そのことに嘘はなかったと、沢市は語気を強め、さらに、

「そこで、朝方まで博奕《ばくち》をすることもあるが、早く切り上げて、谷中感応寺古門《やなかかんのうじこもん》前町《ぜんちよう》の飲み屋か娼家で遊び、谷中七面坂《しちめんざか》から谷中日暮里《やなかひぐらしのさと》を通って、立善寺門前の三崎坂を下って塒《ねぐら》に帰るのが常だということを、三日前、親方に話したんです。だから親方は、義助がいつ通るかもしれない三崎坂で待っていたんじゃないかと――」

後の言葉を呑み込んで、小さく唇を嚙んだ。

「だけど、芳次郎さんは、義助の顔は知らないんじゃないのかい」

「わたしも顔は知りませんが、人づてに聞いたり調べたりしたところでは、顔には疱瘡《ほうそう》の後に出来た痘痕《あばた》があるということを、親方には伝えておりました」

沢市はそこで、はぁと息を吐き、

「綿入れの袂に鏨《たがね》が一本忍ばせてあったということですから、親方は、おれが話をしたその夜から、もしかすると毎晩、三崎坂で痘痕の男を待っていたんじゃねぇんですかねぇ。雪の降り出したゆんべも長屋を出て、いつ坂を下ってくるかも

知れない義助を待ち、そのあげくに凍えて死んだんじゃねぇのかと思うと、可哀《かわい》相《そう》でね。おれが余計なことを言ってしまったばっかりに——親方は、おれが殺したようなもんです」

声を絞り出した沢市は、がくりと首を折り、両手で頭を抱え込んだ。

「沢市さん、そんなに自分を責めることはありませんよ」

お勝は慰《なぐさ》めの言葉を掛けたが、沢市は頭を抱え込んだまま動かない。

〜煤竹《すすたけ》ぇ、煤払い、煤竹だよぉ〜

煤竹売りが、表通りを流している。

十三日が煤払いをする習わしなので、なんとか今日中に煤竹を売り切ろうと張り切っている声が、次第に遠のいていく。

依然《いぜん》として動かない沢市の口から洩れる、せつなげな嗚咽が、お勝の耳に届いた。

夕刻の七つ半（午後五時頃）に店を閉めて『岩木屋』を出たお勝は、四半刻も掛からずに『ごんげん長屋』に帰り着いた。

辺りは暗いが、井戸端には明るみが残っている。

人気《ひとけ》はないが、水に濡れた井戸端には薪を焚《た》いたり醬油を煮たりした匂いが漂っていた。住人が、先刻まで夕餉の支度にてんてこ舞いしていたに違いあるまい。

六軒長屋が向かい合う路地の奥に足を向けてすぐ、お勝は足を止めた。

物干し場近くの芥箱《ごみばこ》の傍に、縄で縛られた五、六本の煤竹が立て掛けられている。

「今、帰りかね」

お勝の背後から、大家の伝兵衛の声がした。

「煤払いをしたところもあるんですねぇ」

「早くから日が昇って雪も解けたから、昼前に済ませた家もあるんだよ」

伝兵衛はそう言うと、

「ここで乾《かわ》かそうと思ったが、いつまた雪や雨に降られるか知れないから、うちの台所の梁《はり》に載せておくことにしますよ」

立て掛けていた煤竹の束《たば》を抱えた。

煤払いで使った竹は乾燥させて、裏の空き地の塀《へい》や厠《かわや》の扉の補修に使ったり、竈の焚きつけに欲しいという住人がいれば分けてやったりするのが、『ごんげん長屋』の例年の習わしだった。

「そうそう。お勝さんとこは、お琴ちゃんが先頭に立って、幸坊やお妙ちゃんたちと煤払いを済ませたようだよ」

「ほほう。そりゃ、上出来ですね」

「ほんと、上出来だよ。それじゃ」

伝兵衛は、竹の束を抱えて自分の家の方へと向かっていった。

そのとき、暗くなった木戸から、人影が入ってくるのが眼に留まった。

「お勝さん、ちょうどいいところで会いましたよ」

そう言って近づいてきたのは、すらりとした背恰好《せかっこう》の与之吉である。

「今日は仕事を休んだから、知り合いのところに出掛けた帰りでして」

と、笑みを浮かべた。

「与之吉さん、ちょうどいいところで会ったというのは、いったいなんのことです？」

「あぁ。ほら例の、小石川辺りを回ってる貸本屋の義助って男のことですよ」

「何かわかったのかい」

お勝が声をひそめると、

「わかりました」

と、与之吉まで声を低めて、大きく頷いた。

与之吉が今日会っていた同業の男は勘吉《かんきち》と言って、かつては義助と同じ問屋から書物を仕入れて、貸本稼業をしていたという。

勘吉は方々の賭場に出入りしていて、博奕仲間も多い。

「その勘吉が言うには、昨日の夜中、深川の賭場で博徒《ばくと》同士の悶着《もんちゃく》が起きて刃傷《にんじょう》沙汰《ざた》になったというんですよ。博徒に死人が出たうえに、客の何人かが死んだり傷を負ったりしたそうなんですがね、客の一人だった義助が運悪く巻き添えを食らって、刺し殺されたと言ってました」

「なんだって」

あまりのことに、お勝は頭のてっぺんから声を発した。

「その義助って人の住まいがどこか、与之吉さんは聞いているかい」

「谷中というより、下駒込村だそうです」

その答えに、お勝は黙った。

芳次郎が捜していた義助に間違いあるまい。

「昨夜、死んだのかい?」

口の中が乾いて、お勝の声は掠れた。

その問いかけに、与之吉は「えぇ」と返事をした。

「いろいろ、手間をかけさせてしまって、ありがとうよ」

「なんの」

笑顔で答えた与之吉は、おやすみとも言い残して、路地の奥の方へと向かった。

路地の入り口に佇《たたず》んだお勝は、空を仰《あお》いだ。

芳次郎に娘の仇を取らせた方がよかったのか、人殺しの罪を犯《おか》すことなく死んだ方がよかったのか、判断がつきかねた。

雪の降る夜更《よふ》けの立善寺の門前で、三崎坂に現れることのない義助をじっと待っている芳次郎の姿を思うと、胸が締めつけられる。

そっと目尻を拭《ぬぐ》ったお勝は、下駄の足を我が家に向かって、そっと踏み出した。

# 第四話　ゆく年に

一

師走《しわす》も半ばともなると、新年で用いるものを商《あきな》う歳《とし》の市《いち》が立つ。

十二月の十四、十五日の深川八幡《ふかがわはちまん》の歳の市を皮切りに、十七、十八日の浅草観音《あさくさかんのん》、二十、二十一日の芝神明社《しばしんめいしゃ》と続き、芝の愛宕権現《あたごごんげん》、平川天満宮《ひらかわてんまんぐう》と市は移る。

だが、江戸で極めつきは、何と言っても、羽子板市《はごいたいち》とも言われる浅草観音の歳の市である。

浅草観音の歳の市が立つ十七日のこの日は、遠く離れている根津権現門前町界隈《かいわい》まで、さんざめきが届いてくるような気がする。

根津権現社の傍《そば》にある質舗『岩木屋』も、この二、三日、ひっきりなしに客が訪れていた。

年の瀬が近づくと、質入れの客が多くなるのは例年のことだが、損料貸《そんりようが》しの方も立て込んでくる。

年始に着る紋付《もんつき》や羽織《はおり》などの衣類、客を迎えるのに使う膳《ぜん》や皿などの道具類を借りにやってくるのだ。

それに加えて、三、四日前からは、前もって頼んでいた餅搗《もちつ》きの道具一式を受け取りに、餅搗き屋も現れるようになった。

杵《きね》や臼《うす》はもちろんのこと、蒸し米を作る釜《かま》や蒸籠《せいろ》を担《かつ》いで町々で搗いて回る餅搗き屋にとって、一年のうちで、師走は一番の書き入れ時である。

『岩木屋』はこの日、昼を過ぎても人の動きが絶《た》えなかった。

帳場には主《あるじ》の吉之助が座り、質入れや質草《しちぐさ》の引き取りの客には、吉之助の女房のおふじと手代の慶三が当たり、損料貸しの餅搗きの道具一式を借りに来た餅搗き屋には、帳面を持ったお勝が表に立って対応している。

「えぇと、七軒町の藤松《ふじまつ》さんの分だ」

普段は蔵番をしている茂平が、修繕係の要助と車曳《くるまひ》きの弥太郎とともに、餅搗きの道具一式を、蔵のある裏手から運んできた。

「藤松さんの損料貸しの期限は、暮れの二十九日でいいんだね」

帳面に眼を遣《や》ったお勝が声を上げると、

「へい。二十八日は夜まで搗いて回りますんで、翌朝にはお返しに参ります」

まるで相撲取《すもうと》りのような体格をした男が、丁寧《ていねい》な物言いで返事をした。

餅を搗くのは二十五日辺りからなのだが、餅搗きの道具一式は早いうちに用意しておかないと、数が足りなくなり、借りられなくなる恐れがあった。

二十九日と大晦日《おおみそか》の三十日の餅搗きは皆が避けるので、二十八日まで連日、昼夜を問わず餅を搗く音が、町のそこここから響き渡るのだ。

「それじゃ、運んでいいよ」

お勝の声が飛ぶと、

「おい、行くぜ」

相撲取りのような体格をした藤松の声に、その仲間二人は「おう」と答えて、用意してきた荷車に道具一式を載せて去っていく。

「稼ぎなよ」

茂平の声に、荷車の連中から、「へぇい」と声が上がった。

「ええと、次は」

お勝は、待っていたもう一組の餅搗き屋を振り向く。

「下谷茅町二丁目の仙蔵《せんぞう》です」

「はいはい。仙蔵さんは、釜と蒸籠、それに杵が二本ということでしたね」

お勝は帳面を見て、確認する。

「へい。さようで」

仙蔵の返事を聞くと、

「すぐに持ってくるよ」

茂平はそう言うと、弥太郎と要助を引き連れて、裏手へと向かっていった。


日暮れ間近の根津権現門前町の通りに、昼間の気ぜわしさがこびりついているような気がする。

お店への帰りを急ぐお店者《たなもの》や家路に就《つ》く出職《でしょく》の連中の足音、それに、岡場所に灯《とも》る雪洞《ぼんぼり》の明かりに誘われるようにやってきた男どもの、賑《にぎ》やかな声と足音が混じり合うのだ。

『岩木屋』からの帰り、表通りに面した菓子屋で饅頭《まんじゅう》を買い求めたお勝は、店を出ると『ごんげん長屋』へと足を向けた。

ほんの少し歩んだとき、行く手の口入れ屋の暖簾《のれん》を分けたお志麻が、通りに出てきた。

「あら、お勝さん」

気づいたお志麻が、先に声を出した。

「仕事を探してるんだったねぇ」

「そうなんですけど、なかなか見つからなくて」

お志麻は、口入れ屋を振り向いて苦笑いを浮かべ、

「お勝さんは長屋にお帰りですか」

「そのつもりです」

「わたしは、他の口入れ屋も訪ねてから帰りますから」

「見つかるといいね」

「見つからなかったら、明日は、下谷の広小路《ひろこうじ》辺りの口入れ屋を回ることにしますよ。それじゃわたしは」

笑顔で軽く会釈《えしやく》をすると、お志麻は根津権現社の方へと足を向けた。

それを見送って、お勝は『ごんげん長屋』の方に歩《ほ》を進める。

お志麻は、白山にある提灯屋《ちようちんや》の旦那に囲われていたのだが、その女房に押しかけられたことで愛想《あいそ》が尽きたのか、提灯屋とは手切れとなっていた。

提灯屋の女房からは、亭主と別れた礼金のようなものを貰《もら》ったと言っていたか

ら、当面は暮らしに困ることはあるまい。

だが、妾奉公《めかけぼうこう》だったお志麻は月々の手当てがなくなり、今後は何か働き口を見つけて暮らしを立てなければなるまい。

眼鼻立ちの整ったお志麻は人当たりもいいし、まだ二十四だから、働き口に困ることはないように思われる。

町の通りは、あっという間に暗さが増していた。

通りに面した料理屋、旅籠《はたご》、蠟燭屋《ろうそくや》や、飯屋や居酒屋、蕎麦屋《そばや》など、小商《こあきな》いの店先からこぼれ出る明かりが一層輝きを増して、道を照らしていた。

表通りから、『ごんげん長屋』の木戸の立つ小路を奥へと向かったお勝は、いつもとは違う異変に気づいた。

暗くなった井戸端《いどばた》に人気《ひとけ》はないのだが、長屋全体がざわざわしているのだ。

眼が慣れてくると、井戸端に近いところにある国松の家の前に、何人かの人影が見えた。

その国松の家の戸がいきなり開くと、水桶《みずおけ》を手にしたお富が飛び出してきた。

「何ごとだい」

お勝の声に、お富は、

「おたかさんが苦しんでるんですよぉ」

甲高《かんだか》い声で返答するとすぐ、釣瓶《つるべ》を井戸に落とした。

「おっ母さん、お帰り」

国松の家の前に固まっていた人影は、声を掛けたお琴と、大家の伝兵衛、それに栄五郎だった。

「家にいた弥吉が言うには、日暮れ前に、おたかさんは苦しげに腹を押さえて帰ってきたらしいんだ。それで、すぐに宮永町の玄達《げんたつ》先生に来てもらってる」

お勝に状況を告げると、伝兵衛は国松の家の方に顎《あご》を突き出した。

「それで先生の診立《みた》ては？」

誰にともなくお勝が問いかけると、

「それが、今はなんとも言えないなんて言うんですよ」

水の入った桶を提《さ》げたお富は、お勝たちの前を通り過ぎながら叫び、国松の家の中に駆け戻った。

「赤ちゃんが生まれるんだろうか」

「いやぁ、生まれるのは来年の夏頃だからね」

栄五郎はお琴の疑問をやんわりと打ち消したが、腹の中のやや子が流れてしまうことは考えられる。

そのことには触れずに、お勝は、

「弥吉はどうしてるんだい」

と、尋ねた。

「うちに来て、お妙に字を教わってる」

お琴から答えが返ってきた。

「夕餉の支度は済んだのかい」

「うん、いつでも食べられるよ」

「そしたらお前はうちに戻って、弥吉も一緒に夕餉《ゆうげ》を食べてなさい」

お勝は、お琴と短いやりとりを交《か》わすと、菓子折りを持たせて家の方へと背中を押し、

「わたしも中に」

伝兵衛と栄五郎に断って、国松の家の中に足を踏み入れた。

「あ、お勝さん」

土間の竈《かまど》の前に屈《かが》み込んでいたお啓から声が掛かった。

湯釜《ゆがま》の載った竈の火の番をしていたようだ。

板張りに敷かれた布団の上で上体を起こしたおたかは、お富とおよしに両側から支えられ、医者の玄達の持つ片口《かたくち》の器《うつわ》から、薬湯《やくとう》らしきものを口の中に注ぎ込まれている。

だが、おたかは軽く噎《む》せて、飲んだものを口の端から少しこぼしてしまう。

「ゆっくり、ゆっくりでいいんだよ」

玄達は静かに声を掛けながら、薬湯と思《おぼ》しきものを、おたかの口の中に注ぎ終えた。

「ゆっくりと寝かせていいよ」

玄達が指示を出すと、お富とおよしが、おたかを支えながら、ゆっくりと仰向《あおむ》けに横たえる。

眼を閉じているおたかは、依然《いぜん》として苦しいらしく、途切れ途切れに低く、唸《うな》るような声を洩《も》らす。

お勝の隣の住人、研《と》ぎ屋《や》の彦次郎の女房であるおよしは枕元に座って、苦しむおたかの左手を、労《いたわ》るようにさすってやっている。

そのとき、外から静かに戸が開けられ、大きな人影がのそりと入り込んだ。

「国松さん、実はね」

　お富が、行灯《あんどん》の光に浮かんだ国松の顔に声を掛け、夕刻、仕事から帰ってきたおたかが、腹を押さえて苦しんだ顚末《てんまつ》を手短に伝えた。

「先生、ご亭主の国松さんです」

　お勝が知らせると、玄達は小さく会釈をしたが、国松は何も言わず土間を上がり、そのまま枕元に膝《ひざ》を揃《そろ》えると、痛みに歪《ゆが》むおたかの顔に見入った。

「玄達先生さぁ、おたかさんはどこが悪いのか、ほんとにわからないのかい」

　竈の前のお啓が、挑《いど》むような物言いをした。

「食い物に当たって胃《い》の腑《ふ》が痛むのか、あるいは他の臓腑《ぞうふ》なのか、今のところはなんともなぁ」

　玄達は苦慮《くりよ》しているらしく、悩ましそうに首を傾《かし》げる。

「腹のやや子はどうなんですか」

　お勝が声を低めて問いかけると、その場にいた一同の眼が玄達に向いた。

「そのやや子がどうなのかも、今はなんとも言えんのだよ。置いていく散薬《さんやく》と薬湯を飲んで、二、三日様子を見てみないことには、これと言う診立てはできんのだ」

そう言うと、玄達は薬箱を風呂敷《ふろしき》で包み、立ち上がる。

「何かあったら、夜中でも構わんから、すぐに使いをよこすように」

と、土間の履物に足を通すと、家の中の者たちに小さく目礼をして路地へと出ていった。

「弥吉は」

掠《かす》れた声を出した国松が、思い出したように辺りを見回した。

「弥吉はうちに行ってるから、多分、夕餉を食べてるところだよ」

お勝の返事に安心して、国松は小さく頭を下げた。

「木戸のところで医者に聞いたが、おたかさんが倒れたっていうじゃないか」

そう言って土間に足を踏み入れたのは、十八五文《とおはちごもん》の鶴太郎だった。

「鶴太郎さん、あんたが売り歩いてる十八粒で五文の丸薬《がんやく》をおたかさんに飲ませてやっておくれよ」

お啓が、土間に立ったままの鶴太郎に詰め寄った。

「しかし」

鶴太郎が困惑した声を出すと、

「鶴太郎さんあんた、なんにでも効く薬だと言って売り歩いてるじゃないか。その薬をおたかさんに飲ませてやったらどうだい」

お啓は脅《おど》しにかかった。

「けどおれはね、効くかどうかは飲む人の気分次第だと常日頃から言ってるわけだからさぁ。ともかく、国松さん、お大事に」

歯切れの悪い言い訳をすると、鶴太郎はあたふたと路地へと飛び出していった。

「鶴太郎さん、中の様子はどうだね」

「どうもこうも、商売物の丸薬を出せと脅されましたよ」

栄五郎の問いかけに返事をした鶴太郎の声は、不満たらたらであった。

「ごめん」

外で声を掛けた栄五郎が、戸を開けて顔を突き入れた。

「お、国松さんは帰ってたのか」

「たった今」

お啓が、国松に代わって返事をすると、

「大家さんが心配してたんだが、夕餉の支度がまだなのはどなただろうか」

栄五郎は、家の中にいた者をゆっくりと見回す。

「大方出来上がってるから、わたしは味噌汁《みそしる》を温め直せばいいだけだ。お富ちゃ

ん は」

「朝の冷や飯が残ってるだけ」

お富は、問いかけたお啓に、そう返答した。

「うちは、日のあるうちに早々とこしらえましたから、心配はいりません」

およしが、おっとりとした口調でそう言うと、

「お勝さんのところはお琴ちゃんが支度をしていたから、お富さんと国松さんと、わたしの分だけですな」

そう言うと、栄五郎は左手に包んでいた一朱を摘《つ》まんで見せ、

「夕餉の支度をしていない人には、わたしが表通りで食べ物を買い求めてくるよう、大家さんから言いつかったものですから」

と、家の中の一同に頷《うなず》いてみせた。

「それじゃ、買い物にはわたしが付き合いますよ」

「お啓さんが一緒なら心強い」

栄五郎は、先に立ったお啓に続いて、木戸の方へと急いだ。

すると、

「お富さんもお勝さんも、ここにはわたしが残りますから、夕餉を済ましたらど

うです」

　およしが、おっとりとした物言いをすると、

「今、国松さん一人にするのもなんですからねぇ」

　枕元にじっと座り込んでいる国松にそっと眼を遣った。

「お富さん、ここはおよしさんの言葉に甘えようじゃないか」

「いいのかね」

　お富は、申し訳なさそうな顔をした。

「うちで夕餉を済ませたら、わたしがおよしさんと代わるからさ」

　お勝が、お富に向かって頷くと、

「お富さん、ご心配なく」

　およしは相槌《あいづち》を打った。

二

『ごんげん長屋』は、九尺二間《くしゃくにけん》と九尺三間の六軒長屋が二棟《むね》、路地を挟んで向かい合っている。

　九尺二間の棟に、空き家がひとつある。

それは、貸本屋の与之吉と火消しの岩造夫婦の家の間にあるのだが、ふた月前、久しぶりに人が入ったものの、六日ばかりいただけで早々に出てしまっていた。

その空き家に行灯がともり、お勝とお琴、それに、お富、お啓、お志麻、およしが集まって、大家の伝兵衛を囲むように膝を揃えている。

腹の痛みを訴えたおたかの元に医者が駆けつけた日の夜のことである。

おたかを見舞ったお勝が我が家に戻ると、お琴たちは弥吉とともに夕餉を摂《と》り終えたばかりだった。

「お父っつぁんは帰ってきてるよ」

お勝が教えると、弥吉は、「ごちそうさま」と口にして、自分の家へと帰っていった。

その後、お勝が一人夕餉を摂っているとき、

「普段、長屋にいることの多い人に集まってもらうことにしたので、夕餉が済んだら向かいの空き家に来てもらいたいんだよ」

やってきた大家の伝兵衛から、そんな申し入れがあった。

『岩木屋』の番頭を務《つと》めるお勝は、昼間長屋を空けるのだが、留守を預かるお琴

を伴《ともな》って空き家に赴《おもむ》いたのだ。

空き家に集まっているのは、伝兵衛の申し出に応じた住人たちだった。

「みんなもわかってるだろうが、国松さんが朝早くから仕事に出掛けると、家に残るのは床に臥《ふ》せったおたかさんと、弥吉だけになるんだよ」

伝兵衛がそう切り出すと、

「そういうことだね」

お啓の声に、何人かの口から「あぁ」と、合点《がてん》したような声が洩れた。

「どうも、遅くなりまして」

静かに戸を開けた国松が、土間に入り込んで小さく頭を下げた。

「お上がりよ」

伝兵衛の声に、国松は土間を上がり、輪の中に膝を揃える。

「おたかさんの様子はどうなんだい」

「さっきまで、軽く唸ったり顔を歪めたりしてましたが、ようやく寝つきまして」

国松は、問いかけた伝兵衛にそう返事をした。

「弥吉ちゃんは」

お琴が尋ねると、

「眠いのに、眠れないらしい」

そう言うと、国松は困ったように首を傾げた。

「国松さんも来たからには、わたしからみんなに相談したいんだが」

「伺《うかが》いましょう」

お啓が歯切れのいい声を発すると、他の女たちはそれぞれ相槌を打った。

「つまりね、国松さんが仕事に出掛けた後、おたかさんと弥吉の世話を、長屋に残った者たちで代わるがわるできないだろうかと、みんなで話し合いたかったんだよ」

「そんなこと、お安い御用ですよ、大家さん」

お富は伝兵衛に返答すると、女たちを見回した。

「わたしはたまに家を空けますが、いるときだったら、なんでもお手伝いするつもりです」

お志麻も請《う》け合った。

すると、朝晩の食事の世話や掃除、寝ているおたかに薬を飲ませたり着替えさせたりする役回りを交代で務めるということにまで話は膨《ふく》らんだが、誰からも異論は出なかった。

「昼間は、わたしの代わりにお琴を差し向けますので、ひとつよろしく」

お勝がみんなにそう告げると、お琴は小さく頭を下げた。

「それともうひとつ」

お勝は、夜も誰かついていなくてよいのだろうかと切り出した。

「夜中におたかさんが痛がったり苦しんだりすると、国松さんもおちおち寝ていられなくなりますからね。そうすると、重い樽《たる》を転がしたり担いだりする昼間の仕事に差《さ》し障《さわ》りが出るんじゃないかと思うんですよ」

「お勝さんの心配はわかるけど、いくら親しいからって、女一人で泊まり込むっていうのはねぇ」

お啓が尻込みをすると、お富は同調するように頷く。

「夜の付き添いは、男じゃなんだしねぇ」

「どうして」

お琴が、お志麻の呟《つぶや》きに素早く反応した。

「だってね、おたかさんが汗をかいたりして、着替えをさせなきゃならないとなると、そこはやっぱり女の手の方が、国松さんとしても安心というか、気が楽だと思うのよ」

お志麻の言葉に得心したのか、お琴は大きく頷いた。

「それで大家さんに相談なんですが、おたかさんの容体《ようだい》が落ち着くまで、国松さんと弥吉には、この空き家で寝泊まりさせてやれないでしょうか」

「ここにねぇ」

お勝の申し出を聞いて、伝兵衛は、家財道具など一切ない、すっからかんの家の中を見回す。

「そうすれば、国松さんもゆっくり休めて、翌日の仕事に精を出せると思うんですよ」

「お勝さん、それはいい思いつきですよ」

それまで黙っていたおよしが、おっとりと口を開き、

「その役目なら、わたしにも務まりそうです」

一同に向かって、頷いてみせた。

「夜の付き添いなら、わたしもするつもりです。子供たちは、わたしがいない方が広くなって、ゆっくり眠れると喜びますし」

「おっ母さんの言う通りです」

お琴の声に、女たちから小さな笑い声が起きた。

「それでは、みんなに申し訳ねぇです」

両手を膝に置いて俯《うつむ》いていた国松が、声を絞《しぼ》り出した。

「明日からは、おれが仕事を休みますから、どうか気を使わねぇでもらいてぇ」

背を丸めていた国松は、大きな体をさらに縮めた。

「国松さん、あたしたちへの遠慮なら、それはなしにおしよ」

「お啓さんの言う通りだよ国松さん。今日の様子じゃ、おたかさんはいつ起き上がれるかもわからないじゃないか。それなのに仕事を休んだりしたら手間賃を稼げなくなるんだよ」

「でもお勝さん、わたしには、大家さんに預けた三両の金が」

声は低いが、国松の物言いは切羽《せっぱ》詰まっている。

「国松さん、それはそれだよ。長屋のみんながこうやっていくらでも手を差し伸べると言ってくれてるんだから、ありがたくお受けよ。拾った金はないものとしてさ」

伝兵衛に諭《さと》されると、国松は大きく息を吐いて項垂《うなだ》れた。

「お琴ちゃんだって、手伝う気になってここにいるんだよね」

お富に声を掛けられると、

「そうだよ」

お琴は大きく頷く。そして、

「七月の井戸浚《いどさら》いのときみたいに、長屋のみんなが力を合わせるのとおんなじことだよ」

ともロにして、胸を張った。

「国松さん、そういうことですよ」

およしの声に、国松はゆっくりと頷いた。

「とにかく今夜は、わたしがおたかさんに付き添いますよ」

お勝が申し出ると、明日の朝は、およしとお啓が国松一家の朝餉も作ることに衆議《しゅうぎ》は決した。

昼間の世話焼きについても、明日の朝餉の後、その日出掛ける用のない者が相談して決めることとなり、あっという間に皆の思いはひとつにまとまった。

「そういうことだから、国松さん、さっそく、あんたと弥吉の布団をここに運ぶといいよ」

伝兵衛は、ほっとしたように声を掛けた。

国松は何か言おうとしたが声は出ず、いきなり大きな体を折り曲げると、板張りに額《ひたい》をこすりつけるようにして両手をついた。

浅草観音の歳の市は二日前に終わった。

一日の間を置いて、二十日の今日と明日の両日は、神田明神《かんだみようじん》の歳の市が開かれる。

根津権現門前町に住む者にとっては、浅草観音の歳の市よりも、湯島の先の神田明神の方が身近に感じられる。

八つ（午後二時頃）の鐘《かね》が鳴り終わったとき、

「いらっしゃい」

帳場の近くで、紙縒《こよ》りを質草に結びつけていた慶三が顔を上げた。

「ごめんよ」

声を掛けて土間に入ってきたのは、目明かしの作造である。

「何ごとですか」

「これから神田明神に行くんだが、お勝さんに何か入り用なものはないかと思ってさ。いや、うちのかかぁが、目籠《めかご》や笊《ざる》が古くなったから見てこいなんてことを言うもんだからね」

「そりゃ、気にかけていただいてありがとうございますが、うちは今年、買わなきゃいけないようなものはありませんで」

帳場のお勝は、軽く頭を下げた。

「そうかい。それじゃおれは」

そう言うと、作造は急ぎ表へと出ていった。

「歳の市にいらしたおかみさんとお嬢さんは、さっき、ぐったりしてお戻りでしたから、神田明神は今時分もまだ人で混み合ってますよ」

混雑ぶりを思い浮かべたのか、慶三は顔をしかめた。

慶三が口にしたおかみさんとお嬢さんというのは、『岩木屋』の主人、吉之助の女房のおふじと娘のお美津《みつ》のことである。

お勝と他の奉公人たちが、店を開ける五つ（午前八時頃）前に『岩木屋』の裏手へ回ると、おふじと娘のお美津が、土地の火消し、九番組『れ』組の若い衆二人を伴って勝手口から通りへ出てくるのと出くわしたのだ。

「神田明神の歳の市に行くんだが、わたしは残ることにしたよ」

一番後から出てきた主の吉之助は苦笑いを浮かべた。

「旦那さんも一緒にお行きなさいましよ」

お勝が勧めると、

「混み合うところへは行きたくないんだって」

おどけたお美津は、非難がましい声を父親に浴びせた。

「この時期は忙しいから、猫の手でもわたしの手でも、みんなの手助けになるんだよ」

「どうだか」

お美津の声に奉公人たちから笑い声が上がると、

「それでは行ってきます」

声を掛けたおふじが、お美津と並んで神主屋敷に沿って不忍池の方へと歩き出すと、『れ』組の二人が母娘の後ろに続いた。

『れ』組の梯子《はしご》持《も》ちを務める岩造よりも若い二人の平人足《ひらにんそく》は、お内儀《ないぎ》と娘を混雑から護《まも》るため、吉之助が組頭《くみがしら》に頼んで差し向けてもらった用心棒だと思われた。

それから二刻（約四時間）ばかりが経《た》って帰ってきたおふじとお美津の疲労困憊《ひろうこんぱい》ぶりは、痛ましいものがあった。

「店はだいぶ落ち着いたようだね」

奥から現れた吉之助が、板張りに立って声を掛けた。

「こっちは落ち着きましたが、おかみさんとお嬢さんはいかがです」

「少し休んで楽にはなったようだけど、今度は、足首が痛いだのなんだの」

火鉢《ひばち》の前に座って手をかざした吉之助は、お勝に苦笑いを向けると、

「それよりも番頭さん、寝込んだっていう長屋の人はその後どうなんです」

と問いかける。

吉之助が尋ねたのは、三日前に寝込んだおたかのことである。

昨日、おたかを診《み》に来た医者の玄達は、顔色がよくなったので快方には向かっていると、付き添っていたお富に告げて帰っていったと聞いていた。

お勝は今朝、『ごんげん長屋』を出る前に国松の家に顔を出したのだが、布団から起き上がろうとするくらい、おたかの体は動くようになっていた。

「さっきは、粥《かゆ》と味噌汁を口に入れましたよ」

今朝の世話焼き役のお志麻は、ほっとしたような笑みを浮かべた。

お勝の眼にも、おたかの顔の血色がよくなっているように見え、気が軽くなって『岩木屋』へと向かったのだ。

おたかが床に臥せってからというもの、住人たちは役割を分担して国松一家の世話を焼いた。女たちは、炊事《すいじ》、洗濯、掃除に看病を受け持ったが、出職から戻

った男たちからも、菓子や芋《いも》の煮っころがしなどの差し入れがあった。

お勝が、気にかけてくれていた吉之助に長屋の様子を話し終えたとき、戸の開く音がした。

「お琴ちゃんとお妙ちゃんじゃないか」

吉之助の声に戸口を向くと、お琴とお妙が、弥吉を連れて土間に入ってきた。

「弥吉も連れて、どうしたんだい」

おたかに異変が起きたのかと、お勝は思わず声を尖《とが》らせた。

「さっき、弥吉のおっ母さんのところに玄達先生が来て、熱を見たり脈を取ったりしたんだよ」

「それで」

お勝の声は掠れた。

「そしたらね、熱も下がったし、腹の中のやや子は元気に動いてるんだって」

お琴がそう言うと、お妙と並んで立っていた弥吉が、大きく頷いた。

「そのことを、早くおっ母さんに知らせてやろうと思って」

そう口にしたお妙はにこりと笑い、お琴と顔を見合わせる。

「そうかい」

お勝の口から出たのは、力の抜けた声である。

「よかったじゃありませんか」

慶三から声が掛かったが、お勝はただ頷くだけで、両肩を上下させて息を吐いた。

「よかったよかった。お琴ちゃんたち、奥に行って、歳の市で買ってきたお菓子を食べるといいよ」

「あの、わたしたちはすぐに帰りますから」

お琴は、立ち上がった吉之助に声を掛けると、小さく頭を下げた。

「うちに来て、遠慮なんかしなくていいのに」

吉之助は子供たちに笑みを向けた。

「そうじゃないんです」

お妙は口を挟むと、

「長屋に帰って、この弥吉ちゃんに字を教えることになってるので」

少し照れたように笑みを浮かべた。

「お妙は今、弥吉ちゃんの手跡指南《しゆせきしなん》のお師匠様なんです」

お琴が言い添えると、お妙は照れているのか、盛んに首を傾げた。

「字はどこまで書けるようになったんだい」

慶三に聞かれて、

「わ、か、よ、た、れ、そ」

と、弥吉は呟く。

「その後は、つねならむ、かぁ」

「どういうことですか」

お琴が、『つねならむ』と口にした吉之助に問いかけた。

「そんな言葉は知らないが、なんとなく、常ではないという言葉に似てるからさ。常ということはあるまいとか、常ではないだろうというのと、なんとなくさ」

吉之助から話を聞かされても、お琴もお妙も半分口を開けてぽかんとしている。

「無常ということだよ。ほら、諸行無常《しょぎょうむじょう》。何ごとも、いつかは形を変えたり、移ろうものだという、仏様の教えがあってね」

吉之助が講釈に苦慮していると、

「奥までお琴ちゃんたちの声が届いたものだから」

菓子と思しきものを紙に包みながら、おふじが奥から現れると、

「いいところへ来た」

吉之助は、ほっとした声を洩らした。

「お菓子だから、長屋に帰ってみんなでお食べなさい」

おふじは、お琴の手に紙包みを持たせた。

「いただきます」

頭を下げたお琴を見て、お妙と弥吉はそれに倣《なら》った。

三

日の暮れた『ごんげん長屋』は静かだった。

あと四半刻《しはんとき》（約三十分）もすれば六《む》つ半（午後七時頃）という刻限は、どの家も夕餉の片付けを済ませた頃おいである。

表通りを行《ゆ》き交《か》う人の下駄《げた》の音や草履《ぞうり》の音が、夜空に沁《し》み込んでいる。

岡場所を抱える根津権現門前町一帯は、夜の帳《とばり》が下りてから目覚めるのが常だから、そここの料理屋の座敷から、ほどなく音曲《おんぎょく》が流れ出ると思われる。

「大家さん、お邪魔しますよ」

お勝は、伝兵衛の家の戸口で声を掛けると、返事を待つこともなく家の中に入っていった。

「夕餉が済んだら、うちへ来てくれないかね」

子供たちと夕餉を摂っている最中にやってきた伝兵衛から、そう頼まれていたお勝は、摂り終えるとすぐ家を出てきたのだ。

「ここだよ」

お勝が家の中に足を踏み入れるとすぐ、居間から伝兵衛の声がした。

「お邪魔します」

お勝は、障子を開けて居間へと入り込んだ。

「仕事帰りに、うちに顔を出してもらったそうで」

長火鉢《ながひばち》を挟んで伝兵衛と向き合っていた国松が、お勝に軽く頭を下げた。

「おたかさんはご飯を食べられると言っていたから、安心しましたよ」

そう言いながら、お勝は伝兵衛と向かい合う形で、国松の隣に膝を揃えた。

「それに、ゆっくりとですが、歩けるようにもなりまして」

「何よりじゃないか」

お勝の声に、

「へぇ」

と、国松は大きな体を、小さく前に倒した。

「それでまぁ、おたかさんのことでは、一軒一軒回ってお礼をしたいという相談を受けてたところなんだよ」

伝兵衛は、思案に暮れた顔をお勝に向けた。

「何も、いちいちお礼に回ることはないんじゃないかねぇ」

「けど、皆さんに気を使ってもらったし」

国松は、お勝の言葉にも躊躇《ためら》いを見せた。

「おたかさんはこれですっかりよくなったというわけじゃないんだよ、国松さん。まだもう少し、みんなの手を借りなきゃならないこともあるし、ほら、来年になったらなったで、やや子だって生まれるじゃないか」

「そうそう。そのときは、長屋のみんなが世話を焼く気でいるんだから、何も、改まらなくても、誰かと顔を合わせたときに、またいつか世話になりますと言っておけばいいと思うがね」

伝兵衛は、お勝の考えに賛同した。

「はい。お礼回りのことは承知しました」

素直に頭を下げた国松は、暮らしの足しにと、町を歩き回って髪集めをしているおたかには、その仕事を辞《や》めさせることにしたと打ち明けた。

国松が言うには、歩き回るのは胎児《たいじ》にもいいことだが、度が過ぎると体の負担が重くなるのだと、医者の玄達に灸《きゅう》を据《す》えられたようだ。

そして、

「おたかの体も気になりますから、わたしは樽《たる》ころの仕事は休んで、これからは家のことをしようかと」

国松はそう口にすると、最後は消え入るような声になって少し俯いた。

「だけど国松さん、やや子が生まれるのは来年の春の終わりか夏の初め頃だろう。仕事をしないで、それまで暮らしは立つのかい」

「いえ」

軽く俯いたまま、国松は小さく首を横に振った。

「もし、以前、褒美《ほうび》で貰った三両を当てにしてるのなら、考え直した方がいいと思うよ」

お勝は穏やかな声で諭す。

この夏の初め、国松は三両の金を拾って、根津権現門前町の自身番に届け出ていた。だが、半年経っても落とし主が現れなかったため、その三両は、ふた月前、拾い主に下げ渡されたのである。

「国松さん、そういう天から授《さず》かったものは、どうしようもなくなったときに使うもんだよ。周りが国松さん一家にそっぽを向いてるならともかく、この『ごんげん長屋』にいれば、誰かなんとかしてくれるよ。そうは思わないかい」

お勝の問いかけに、国松は何も言えず、さらに顔を伏せた。

「そうだ、国松さん。家主の惣右衛門の旦那が以前言い出して始めた、『店子入《たなこいり》用金《ようきん》』という積み立てがあるんだよ」

毎月、店子から店賃《たなちん》を貰うと、一軒につき十文を『店子入用金』として積み立てているのだと、伝兵衛が告げた。

「その『店子入用金』が、長年の間に積もり積もって、かなりの額になっているんだ。その積み立て金は、毎年の井戸浚い、餅搗きの費用、修繕費にも回しているんだが、店子に万一のことがあったときにも使っていいことになってるんだ。だから、もし万一のときは『店子入用金』に頼ればいいんだし、今のところは、長屋のみんなに甘えればいいんだよ」

伝兵衛の話に、お勝はひとつ得心がいった。

井戸浚いや餅搗きの費用などは、家主の惣右衛門から出ているものと思っていたのだが、『店子入用金』というものがあることは初めて知った。

集めた店賃の積み立てだから、家主の惣右衛門の懐《ふところ》から出ていることに違いはないが、『店子入用金』を備えてあるのは、店子には心強いことだった。

国松も得心したのか、

「わかりました」

小声で返事をすると、伝兵衛に小さく頭を下げた。


日は西に傾《かたむ》いて、半刻（約一時間）もすれば、本郷の台地に隠れるという頃おいである。

大晦日まであと九日と迫った根津権現門前町界隈も忙しいが、上野東叡山の門前、上野広小路《うえのひろこうじ》一帯は人や荷車が激しく入《い》り交《ま》じって砂埃《すなぼこり》が舞い、喧騒《けんそう》に包まれている。

空の大八車を曳いた弥太郎と、付き添ってきたお勝は、忍川《しのぶがわ》に架かる三橋《みはし》を渡り、不忍池の東畔《とうはん》へと向かおうとしている。

上野広小路の東側にある摩利支天横町《まりしてんよこちょう》周辺には御徒大縄地《おかちおおなわち》や、御先手組《おさきてぐみ》の与《よ》力《りき》、同心の大縄地が、伊予大洲《いよおおず》藩や筑後柳川《ちくごやながわ》藩の上屋敷の際まで続いている。

お勝は、徒組の役宅二軒に、損料貸しの膳や重箱《じゅうばこ》をはじめ、花器《かき》、燗鍋銚子《かんなべちょうし》に羽織を届けた帰りであった。

上野や下谷から、根津権現門前町まで質入れに来る人はめったにないが、『岩木屋』の損料貸しは品揃えがいいという評判もあり、遠方からも声が掛かることはあった。

～へっつぅい、なおし、へっつぅい、なおし、灰は溜《た》まってございませんか、灰屋でござい～

夕暮れ近くとあって、灰買《はいが》いの声も自棄《やけ》のような早口で通り過ぎていくし、お店者の足も速い。

揃いの火消し半纏《ばんてん》を羽織《はお》った土地の鳶《とび》たちが、檀家《だんか》回りらしき僧侶と小僧を、駆け足で追い抜いていく。

不忍池の東畔に差しかかった弥太郎が、大八車の梶棒《かじぼう》を谷中道《やなかみち》へと向けると、お勝もその後ろに続いた。

池の北側にある東叡山《とうえいざん》御花畑《おはなばたけ》の先を左に曲がれば、藍染川に沿って根津宮永町へと通じる行路である。

弁天堂《べんてんどう》に通じる道が池の中に延びている東畔には、男女が忍び会うのに供《きょう》される出合茶屋《であいぢゃや》が軒《のき》を連《つら》ねていて、辺りを憚《はばか》るように出入りする男や女の姿を、お勝はこれまでかなりの数見ている。

装《な》りを変えた坊主や武家の妻女《さいじょ》と思しき御高祖頭巾《おこそずきん》の女もいれば、大店《おおだな》の娘を見かけたこともあった。

出合茶屋を使うのは何も夜とは限らない。

明るい昼間から忍び会うのは、特段珍しいことではなかった。

大八車を曳く弥太郎に続いていたお勝は、日陰になった出合茶屋の出入り口から出てきた男女の影が、行く手を横切って、稲荷坂《いなりざか》から上野東叡山の山内に上がっていく姿を、ふっと眼で追った。

西日の影になって判然とはしなかったが、顔つきがどことなく『ごんげん長屋』の住人、貸本屋の与之吉と、お志麻に似ていた。

与之吉は独り者だし、お志麻にしても、囲われていた旦那とは切れているから、周りが目くじらを立てる筋合いのものではなかった。

人の出会いも別れも、いつどうなるか知れたものではないのだ――そんなことを考えていると、お勝の脳裏《のうり》に昨夜のことが蘇《よみがえ》った。

国松との話し合いの後、伝兵衛の家から我が家へ帰る途中、湯屋から戻ってきた沢木栄五郎と井戸端で出くわしたときのことである。

栄五郎が夕刻、お勝の家の前を通りかかると、

「聞きたいことがあります」

路地に出てきたお妙に呼び止められたのだと告げられたのだ。

そして、

「お師匠様、無常というのはなんでしょうか」

お妙から、真剣な顔で問いかけられたと栄五郎は戸惑った笑みを浮かべた。

どう返答したものかと思案した栄五郎は、

「世の中のものはすべて、移り変わるということだよ」

お妙にもわかるように、嚙《か》み砕《くだ》いて話すことにしたという。

同じ形、同じ状態であり続けることはないと、昨日、『岩木屋』の吉之助が口にしたことと同じような講釈を、栄五郎もしたようだ。

「いいかいお妙ちゃん、人は子供から成長し、やがて大人へと変わる。それと同じように、豪壮《ごうそう》な、あの根津権現社の建物も、風雨によって剝《は》がれたり、色褪《いろあ》せたりするんだよ。人と出会うけれども、別れもつきものだということなんだ。そんなことを、仏の道では、会者定離《えしゃじょうり》と言うんだよ」

お妙が話の内容を理解したかどうかはわからないと言って、栄五郎は片手で自

分の頭をポンと叩いたのだ。

栄五郎との、昨夜のそんなやりとりを思い出しながら、お勝は池の畔《ほとり》を歩いた。

無常というのは、今までなんとも思わなかった相手のことを、何かのきっかけで別の思いを抱くことがあるということでもある。

お志麻と与之吉の間に、何か、気持ちの揺らぎのようなものが起きたのだろうか。

弥太郎の曳く大八車の後ろを歩いていたお勝は、ふと、稲荷坂の方を振り返った。


日が落ちてから、少し風が出てきた。

お勝が、三人の子供たちと夕餉を摂っている間も、『ごんげん長屋』の路地を吹き抜ける音がしていた。

何かを飛ばすほどの強い風ではないが、出入り口の腰高障子《こしだかしょうじ》を、時折、カタカタと小さく鳴らした。

「ごちそうさま」

食べ終えたお勝と子供たちは、それぞれの箸《はし》や器を持って流しに運ぶ。

夕餉の後は、お勝が洗い物をし、子供たちが器を拭《ふ》いて笊に並べることになっている。

「こんばんは、お勝さん」

そろそろ洗い終わるという頃、戸口の外から押し殺した女の声がした。

「はい」

お勝は洗いながら返事をしたが、外からは、

「あのぉ」

囁《ささや》くような声だけが届く。

「わたしが出る」

そう言って、土間に下りて戸を開けたお琴は、

「なんだ。弥吉とおばさんだよ」

と、お勝に告げた。

「お入りよ」

そう声を掛けたお勝が、手を拭きながら上《あ》がり框《がまち》に立つと、おたかが弥吉の背中を押して、土間に足を踏み入れた。

「うちの人が、折り入ってお勝さんに話があるから来てくれないかと言うんです

よ」

「そりゃ、構わないよ」

お勝が承知すると、

「それで、話が済むまで、弥吉をここに置いてもらいたいんです」

「お安い御用だよぉ」

お勝は即座に返答した。すると、

「弥吉、上がれよ」

幸助が兄貴風を吹かせると、弥吉は土間を上がった。

「おっ母さん、後はわたしとお妙で片付けとくから」

「お琴ちゃんたち、悪いね」

おたかは恐縮したが、

「どうってことないもん」

お妙は胸を張った。

「それじゃ、後を頼むよ」

土間の履物に足を通すと、お勝はおたかと連れ立って路地へ出た。

国松の家は、路地の向かい側の棟の、井戸端に一番近いところにある。

先に立ったおたかが戸を開けると、お勝を先に土間へ通してから戸を閉めた。

「わざわざすみません」

板張りで神妙に膝を揃えていた国松は声をひそめて、頭を下げた。

「いいんですよ」

お勝もつい声を低めて、土間を上がって国松とおたかの前に膝を揃えた。

「昨日から、おたかと話し合った末に、わたしら、『ごんげん長屋』を出ていこうと思うんです」

国松の口から、思いがけない言葉が出た。

「どうして——⁉」

思わず大声を上げそうになったお勝だが、すんでのところで低く抑《おさ》えた。

「ここにいれば、みんながわたしらのことを気遣《きづか》ってくれます」

「嫌なのかい」

「とんでもない」

国松が首を横に振ると、隣に座ったおたかも大きく首を横に振った。

「みんなの親切はありがたいんです。でも、それが度重なると、わたしらとしては、申し訳なさにいたたまれないというか——気が重いというか」

国松の言葉を聞いて、お勝は思わず、軽く息を呑《の》んだ。

「気が重いというのは、何も嫌だってことじゃなく、それはその、わたしらのわがままなんですけど」

「わがままじゃありませんよ」

お勝は、静かな声を発した。

こちらがよかれと思ってする親切が、受け取る側には段々重荷になるということがあるのかもしれないのだ。

親切にする方に悪気はなくても、される側にすれば、身のすくむ思いに苛《さいな》まれるということがあるのかもしれない。

「それで、ここを出て、どこか行く当てはあるのかい」

お勝は、そのことが気がかりだった。

「今、朝晩の行き帰りに、二刻（約四時間）ばかり掛かってます。神田川《かんだがわ》とか蔵前《くらまえ》から、知り合いの舟に霊岸島まで乗せてもらえるときは、四半刻は短くなりますが、おたかに何かがあったときは、すぐに駆けつけられるという道のりじゃないんです。だから、その、霊岸島の仕事先に近いところに移り住もうかと」

国松の言葉に、おたかが隣でコクリと頷いた。

「なるほどね。この前みたいに、こっちで心配なことが起きたときは、離れていると気が気じゃあるまいね」

「はい」

小さな声で答えて、国松は頷いた。

「伝兵衛さんには、わたし、うまく伝えきれる自信がないので、お勝さんの口から話してもらえないかと思いまして」

国松とおたかは、揃って頭を下げた。

「わかった。明日にでも話しておくけど、霊岸島近辺には、探す当てでもあるのかい」

「いえ、これから探します」

「だったらね、霊岸島の方には鼻の利《き》くわたしの幼馴染《おさななじ》みがいるから、事情を話して、いいところを見つけてもらうようにするから、安心していいよ」

お勝が請け合うと、国松の顔に笑みが広がった。

四

あと六日もすれば、大晦日を迎えるという日の午後である。

『岩木屋』の帳場の文机《ふづくえ》に着いたお勝は、算盤《そろばん》を弾《はじ》いて帳面付けに余念《よねん》がない。

質に入れたり、質草を引き取りに来たりする客が朝から立て込んで、主人の吉之助や手代の慶三は九つ（正午頃）を過ぎた頃までてんてこ舞いしていた。

ほんの少し前に店は落ち着いて、吉之助は火鉢の前に座り込んで、やっと一息ついたばかりである。

「預かりの品は、蔵に収め終わりました」

慶三が、蔵番の茂平とともに現れて、帳場のお勝に報告した。

「お疲れお疲れ。二人ともここに来て、一息お入れよ」

「へぇ」

と、主人からの労《ねぎら》いの言葉に応《こた》えた茂平は、火鉢を間に向かい合って腰を下ろした。

慶三は、お勝の近くにある、もうひとつの火鉢の横に膝を揃えて、やりかけの紙縒り作りを始めた。

「台所で餅を焼く支度がしてありますから、手の空いた人から休んでくださいよ」

奥から顔を出したおふじが、店にいた者に声を掛ける。

「ありがとうございます」

お勝が返事をすると、茂平や慶三から、いただきますとか、遠慮なくという声が上がった。

「弥太郎さんや要助さんにも声を掛けてね」

「へい、裏の作業場にいますから、わたしが」

茂平が大きく頷くと、おふじは奥へと引っ込んだ。

出入り口の障子戸が勢いよく開いて、

「ごめんよ」

声とともに、表から土間に入り込んだのは、目明かしの作造である。

そのすぐ後から入ってきた男の顔に、お勝は眼を留め、

「銀平も一緒かい」

作造の後ろに続いて入った男の名を口にして、帳場から腰を上げた。

「こちらの場所を尋ねに自身番に立ち寄ったら、折よく作造親分がいてくれましてね」

銀平が口を開くと、

「お勝さんのところに行くとお言いだから、案内して来たんだよ」

そう言って、作造は板張りにいる吉之助に会釈をした。

「作造親分に連れてこられたこの男は、日本橋馬喰町界隈でお上の御用を務める目明かしで、わたしの三つ年下の幼馴染みでもありまして」

土間の框近くに膝を揃えたお勝が、銀平を手で指し示すと、

「銀平と申します。皆さんどうも、店にまで押しかけまして申し訳ありません」

と、丁寧な挨拶《あいさつ》をした。

「わたしは、この男の相手をしますから、旦那さんは、茂平さんたちと奥へ行って、例の餅でも召し上がってくださいまし」

「それじゃ、番頭さんの勧めに従って、わたしらは奥へ行こうか」

吉之助が腰を上げるのと同時に、茂平と慶三も立ち上がった。

「それじゃ旦那、わたしも引き揚《あ》げますんで」

作造が吉之助に声を掛けると、

「親分、いつでも顔を出してくださいよ」

笑顔を見せた吉之助は、茂平と慶三と連れ立って、奥へと向かった。

「それじゃ銀平どん、また」

「ありがとうございました」

銀平が返事をすると、作造は、お勝に向かってひょいと片手を挙げ、表へと出

ていった。

「お勝さん、例の、頼まれてた長屋が見つかったんだよ」

そう切り出した銀平は、框に腰を掛けた。

三日前、国松の口から『ごんげん長屋』を出たいと相談されたお勝は、その翌日の早朝、日本橋馬喰町へ足を延ばした。

そのとき、国松一家の事情を打ち明けたうえで、銀平に長屋探しを頼んでいたのである。

「場所はね、八丁堀《はっちょうぼり》の水谷町《みずたにちょう》だよ」

「ほう、八丁堀ね」

お勝はふと、八丁堀近辺の町の様子を思い描いた。

日本橋馬喰町生まれのお勝は、八丁堀の道筋などは頭に入っている。

水谷町、金六町《きんろくちょう》の近辺には、町奉行所《まちぶぎょうしょ》の与力や同心の役宅がひしめいているのだ。

「水谷町から越前堀《えちぜんぼり》に架かる亀島橋《かめじまばし》を渡ったら、そこはもう霊岸島だよ。その国松ってお人が樽ころで稼いでるのが霊岸島ってことだから、うってつけだよ」

銀平の言う通りである。

銀平の期待以上の手配りに、お勝は小さく唸った。

「水谷町だったら、馬喰町も近いから、何かあったら、近藤道場の沙月さんにも『亀屋《かめや》』のおすまさんにも頼れる」

銀平が口にした沙月もお勝の幼馴染みだが、門人《もんじん》を婿《むこ》にして、亡父から近藤道場を引き継《つ》いでいた。おすまというのは、お勝が幼少の時分から懇意《こんい》にしてくれている、馬喰町の旅人宿《りよじんやど》『亀屋』の五十に近い女将《おかみ》である。

「それより何より、同心の佐藤《さとう》様の役宅が近いってのが安心だよ。佐藤様のところはともかく、近くのご同役の中には、敷地に家を建てて医者やなんかに貸してるお方もいるから、八丁堀じゃ、医者や検校《けんぎょう》には困らないってくらいだよ」

そう言うと、銀平は、どうだと言わんばかりに胸を張ってみせた。

「それで、長屋はなんていうとこだい」

そう言いながら立ち上がると、お勝は帳場の机に紙を広げた。

「水谷町の『甚六店《じんろくだな》』っていう、五軒長屋が二棟、鉤形《かぎがた》に建ってるとこだよ」

「水谷町、『甚六店』」

筆を執《と》ったお勝は、銀平の言葉を小さく復唱《ふくしょう》して、その名を紙に書いた。

「向こうの大家は、同心の佐藤様のことも知っていたし、目明かしのおれの口利きということで信用もしてくれて、国松さんには、いつでも家移りしてくれと言ってたぜ」

「銀平、ありがとよ」

お勝は筆を置くと、帳場に座ったまま頭を下げた。


昨日の二十五日から、町の至る所で餅搗きをする光景が見受けられている。

大きな商家では、奉公人が搗くところもあるが、出入りの鳶が搗きに来てくれるところもある。

家々で餅搗きをするよりはと、町ごとに餅搗き屋に頼むことも多い。
三、四人で一組の餅搗き屋が、道具一式を抱えて町々を歩き、餅搗きを請け負う姿が見られるのも、この時期の恒例である。
二十六日の早朝、『ごんげん長屋』の井戸端では、住人たちの餅搗きが行われていた。

井戸端というより、大家の伝兵衛の家の前に置かれた臼の周りには、辰之助、鶴太郎、庄次、それに国松が屯《たむろ》しており、臼の傍には、四本の杵が挿《さ》された樽が置かれている。

伝兵衛の家の縁には、お啓、およし、お志麻、それに、お勝やお琴が、搗き立ての餅の置かれたもろ蓋《ぶた》を囲み、せっせと餅を丸めていた。幸助やお妙、それに弥吉は、庭から、女たちが丸める餅を覗《のぞ》き込んでいる。

「蒸し上がったよぉ」

家の中からお富の声がすると、

「おう」

声を出した庄次と鶴太郎が、樽に挿されている杵を手にして待ち構える。

開けっ放しの戸口の中から蒸籠を抱えたお富が出てきて、臼の中に蒸し米を投じた。

すると、国松と辰之助も杵を持ち、庄次と鶴太郎と四人で、湯気を立ち上らせる蒸し米を杵でこね始める。

「これが最後の蒸し米ですよぉ」

そう叫ぶと、蒸籠を抱えたお富は家の中に飛び込んでいく。

縁側の女たちは、搗き上がる前にもろ蓋を空けようと、餅を丸めるのを急ぐ。

夜が明けてすぐ搗き始めて、半刻ばかりの間に、最後の四臼目となった。

搗き終わったら餅にして、それぞれの家に配られるのが毎年の習わしになっていた。

もちろん、仕事などで餅搗きに加われなかった家にも過不足なく配られる。

沢木栄五郎は、手跡指南の場所を提供してもらっている瑞松院の餅搗きに顔を出し、お富の亭主の岩造は、今年も『ごんげん長屋』の餅搗きには加われなかった。

九番組『れ』組の火消しである岩造は、受け持つ地域の寺社や商家など、日頃からご恩に与《あずか》る諸方のために、昨日から手分けして餅搗きに駆け回っており、それが、二十八日の夜まで続くことになっていた。

最後の臼はすでに搗き終わり、伝兵衛の家の縁先で、丸められた餅が家ごとに取り分けられたとき、東方から朝日が射《さ》した。

男の何人かは、餅を搗き終えるとすぐ家に戻って着替えをし、仕事へと出掛けていってしまった。

「出掛けた者には後で話すことにして、ここにいるみんなに、ひとつ言っておくことがあるんだよ」

伝兵衛が、帰り支度を始めていた住人たちに向かって声を掛けた。

餅を丸め終えるまで残っていたのは、お富、お啓、およし、お志麻、途中から顔を出したおたかと、国松、弥吉、それに、お勝の一家である。

「実は、国松さん一家が、近々、八丁堀に移り住むことになったんだよ」

伝兵衛がそう述べると、

「え」

「ほんと」

「どうして」

いくつもの、掠れた声が飛び交った。

その声に、国松とおたかは、申し訳なさそうに顔を俯ける。

「ここを出るのは本意じゃないんだが、身重のおたかさんを抱えた国松さんは、仕事先の霊岸島に近い方が、何かと助かるし安心だと言うんだ」

伝兵衛の言葉に、

「そういうことなら、仕方のないことですよ」

およしがそう口にすると、他の女たちもため息をついて頷いた。

国松夫婦が住人たちの親切に気を重くしていたということは、伝兵衛には伝えず、お勝は自分一人の胸に収めていた。

「弥吉ちゃんも行くの」

突然、お妙が口を開いた。

国松とおたかの間に立っていた弥吉は、こくりと頷くと、顔を伏せる。

「ここにいなさいよ。他所《よそ》へなんか、行っちゃだめだ。字だって、まだ全部教えてないんだよ」

「お妙」

お勝は低い声で窘《たしな》めた。だが、

「引っ越しをしなくてもいい手はないの？　ね、おたかおばさん、ここに残ることはできないの？」

お妙はさらに声を高ぶらせた。

「お妙っ、お前の都合ばかりを口にするんじゃないっ！」

お勝が鋭い声を発すると、お妙はびくりと体を強張《こわば》らせて、黙った。

「女がね、子供を産むということは、命懸けの大変なことなんだ。弥吉坊の弟か妹が、無事に生まれるためにもと、お父っつぁんとおっ母さんが考えた末のことなんだよ」

厳しいお勝の叱責《しっせき》に、お妙は顔を上げた。

眼にいっぱい涙を溜めたお妙は唇《くちびる》を嚙み、小さく頷くと、そのまま顔を伏せた。

「国松さんたちが行く八丁堀界隈には、わたしの弟分の目明かしもいるし、幼馴染みが何人もいますから、皆さんも安心してくださいな」

突然、お勝が明るい声を上げると、

「そりゃあ、安心だね、おたかさん」

お啓も明るい声を張り上げる。

「それに、周りは奉行所のお役人の屋敷だらけだし、敷地を借りている医者もいっぱいいるそうだから、心強いじゃありませんか」

「そりゃあ、いいよ」

お勝の口上に、伝兵衛がしみじみと応えた。

「それに、江戸を離れるというわけでもなし、これが今生《こんじょう》の別れということじゃありませんよ」

およしが、いつものように長閑《のどか》に口を開くと、

「そうそう。八丁堀なら、足だって延ばせますよ」

お志麻が明るい声で引き継いだ。

「お妙、わかった？　弥吉ちゃんとは、また会えるんだよ」

お琴が肩に手を置くと、お妙は涙を拭《ぬぐ》って、大きく頷いた。

五

上野東叡山の時の鐘が明け六つ（午前六時頃）を知らせた。日の出までは間がある刻限である。

白み始めた表の通りは、大晦日まであと二日という時節のせいか、かなりの人の往来があった。

半纏の背中に棟梁《とうりょう》の名を染めた大工職人が、肩に担いだ道具箱をカタカタと鳴らしながら小走りに通り過ぎると、高さのある小簞笥《こだんす》を背負った晒木綿《さらしもめん》売りがゆっくりと歩む。

井戸端の方から、ふたつ重ねた柳行李《やなぎごうり》を抱えた国松が来て、木戸の内側に停められた大八車の荷台に置くと、

「これで終《しま》いだよ」

後ろからやってきたお富がそう言うと、抱えていた鍋釜を荷台に載せた。

荷台にはすでに、縄で縛られた布団、炬燵《こたつ》の櫓《やぐら》と炬燵布団があったが、柳行李

ふたつと鍋釜を載せてもかなりの空きがあった。

国松が用意していた縄で荷台に積んだ荷を縛り始めると、栄五郎と町小使《まちこづかい》の藤七が手を貸した。

その作業を、伝兵衛をはじめ、研ぎ屋の彦次郎とおよし夫婦、お富、お啓、お志麻、それにお勝とお琴、幸助、弥吉が黙って眺《なが》めている。

今朝は、国松一家が『ごんげん長屋』を出て、八丁堀へ家移りをするので、長屋に残った者が見送ろうと、木戸口に集まっていたのである。

九番組『れ』組の一員として、今日いっぱいは餅搗きに奔走《ほんそう》する岩造はじめ、左官の庄次、植木屋の辰之助、貸本屋の与之吉、十八五文《とおはちごもん》の鶴太郎は、朝の暗いうちに国松の家に顔を出してから、出掛けていったということを、お勝はおたかから聞いていた。

「おっ母さん、お妙が来てないよ」

お勝の袖《そで》を軽く摘まんで、お琴が囁いた。

「幸助、もうすぐ出るって、お妙に言ってきておくれ」

「お妙の奴はもう」

口を尖らせた幸助だが、お勝には逆らえず、路地の奥へと駆けていった。

「少々揺れても、荷崩れはするめぇ」

国松と栄五郎とともに荷台の荷を縛った藤七は伝法《でんぽう》な物言いをして、ぴんと張った縄を軽く引っ張って締まり具合を確かめた。

国松は上がっていた大八車の尻を下ろすと片足で踏みつけ、作っていた荷台の隙間《すきま》におたかを座らせた。

「弥吉ちゃんは乗らないのかい」

お志麻が尋ねると、

「うん、おいらは車の後押しさ」

「偉いねぇ」

彦次郎と並んでいるおよしが、満面に笑みを浮かべた。

「お妙はね、見送らないってさ」

奥から駆け戻ってきた幸助が、ぶっきらぼうに告げた。

「仕方ないよ国松さん、お妙には構わず行ってください。ここでまごまごしてると、あっという間に年が明けてしまいますからね」

お勝は冗談めかして、ことさら陽気な声を張り上げた。

「それじゃ、皆さん」

見送りの者たちに一礼して、国松は上がっていた梶棒を下ろすと、表通りへと曳き出す。

住人たちは、口々に言葉を発しながら表通りに出、そこで大八車を見送る。

荷台に座っていたおたかが、見送りの住人たちに頭を下げると、後押しをしていた弥吉も振り向いて、手を打ち振る。

国松一家の大八車が鳥居横町を右へ折れて見えなくなると、見送りの住人たちはぞろぞろと引き返し始めた。

井戸端の方から、パタパタと足音を立てて駆けてきたお妙が、引き返してきた住人たちを掻《か》き分けて、表通りへ飛び出した。

「今頃、遅いんだよ」

幸助の文句も耳に入らないのか、お妙は鳥居横町の方へと駆けていく。

お勝がお妙の後を追って表通りへ出ると、後ろから足音が続いた。

振り向くと、お琴に続いて、栄五郎まで追っている。

鳥居横町を右に曲がったところで、お勝は足を止めた。

少し先で足を止めたお妙が、大八車の荷台に乗ったおたかと、後押しをする弥吉の姿が、小さな川に架かる小橋を渡っていくのをじっと見つめていた。

お勝とお琴は、少し離れたところでお妙の様子を窺《うかが》う。

「この前、お妙ちゃんに、お勝さんの雷《かみなり》が落ちたそうですね」

お勝たちの横に並んだ栄五郎が、しみじみとした声を掛けた。

「さぁ、どうでしたかねぇ」

お勝がとぼけると、

「落ちた」

お琴が冷静な物言いをした。

橋を渡り終えた国松の曳く大八車が、根津宮永町の通りへ消えていくのがお勝の眼に入った。

じっと佇《たたず》むお妙の眼にも、同じ光景が映《うつ》っているに違いなかった。

大晦日の『岩木屋』は、昼近くなっても、客はまばらである。

一年分か半年分のつけを払わなければならない連中は、今日一日をどう乗り切るかに四苦八苦する。

律儀《りちぎ》な者は、何かを質に入れてまでも払おうとする。

例年、そういう健気《けなげ》な客が押しかけてくるのだが、今のところは静かである。

「今のうちに、手の空いた者から掃除や片付けを始めましょうか」

吉之助の指示で、茂平は蔵、要助と弥太郎は作業場、お勝と慶三は帳場近辺と、それぞれの持ち場の片付けや掃除を始めていた。

「番頭さん」

慶三からの声に顔を上げると、そっと開いた戸口から、お琴を先頭に、幸助とお妙が土間に入ってきた。

「どうしたんだい」

お勝は帳場を立って、土間近くの框に膝を揃える。

「さっき、弥吉ちゃんから文《ふみ》が届いた」

お妙が眼を輝かせると、

「長屋から出たっていう、仲良しだね」

そう言いながら、慶三が子供たちの方に近づいてきた。

「これ」

お妙が差し出した文を取って、お勝は開く。

『じおおしえてくれて、ありがとう　らいねんもよるしく　やきち』

文面には、金釘流《かなくぎりゅう》の字で、そう記されていた。

「ここなんか、『じお』じゃなくて、『じを』だし、『よるしく』でもなくて、『よろしく』だよ」

お琴が笑って口にすると、

「お妙お前、師匠のくせに、ちゃんと教えたのか」

幸助が偉そうな口を利いた。

「何度言っても、弥吉ちゃんは、『る』と『ろ』を間違えるんだもん」

「けど、お妙ちゃんのおかげでここまで書けるようになったんだから、大したもんだよ。わたしなんか、十《とお》になっても、ははは、わたしのことはどうでもいいか」

そう言うと、慶三は立って、片付けに戻った。

「お妙」

「なに」

お妙が、お勝に顔を向けた。

「弥吉の間違いを文に書いて、注意してやるのはどうだい。弥吉は字を覚えるし、お前は文の書き方を覚えられる」

「だけど、その文は、どうやって届けるのさ。八丁堀まで持っていくのかい」

幸助が首を捻《ひね》った。

「町小使の藤七さんに頼めばいいんだよ。藤七さんは、文やら、小さな荷物を届けるのが仕事だからね」

「うん、わかった。すぐに書く」

お妙はお勝に頷くと、表へと足を向けた。

「待ってよ」

お琴が後を追うと、続いて幸助も表へと出ていった。

「あぁあ、開けっ放しじゃないか」

土間の履物に足を通したお勝は、開けっ放しの障子戸に手を掛ける。

「ちょっと直次郎《なおじろう》さん、払いの取り決めは今日じゃありませんか」

開いた戸の外から、切羽詰まった男の声が届いた。

「だから、今日の五つに払ってやるって言ったじゃないか。それなのに、五つ過ぎても現れないから、あぁ、おれからつけを取る気はないんだなと思って、お宅に払う分の二分と一朱は魚屋と醬油屋《しょうゆや》に回してしまったよぉ」

表の男二人のやりとりに、お勝は思わず聞き耳を立てた。

「五つって、今はまだ昼前じゃありませんか。五つに払えると仰《おっしゃ》ったのなら、酒代の三分と二百文、今払ってくださいよ」

酒屋と思しき掛け取りの声は甲高くなった。

「お前もわからない掛け取りだなぁ、おい。五つに来るのを待ってたが、お前が現れないから、おれは他所に回したと、こう言ってるんだ。五つはとっくに過ぎて、今はもう、四つを過ぎて、ほどなく九つという頃おいだぜ」

「もしかして、五つというのは、朝の五つ（午前八時頃）のことでしょうか」

掛け取りの声が、引っくり返った。

「そうだよ。おい、なんだお前、夜の五つ（午後八時頃）と間違えたのかよ」

「だって」

「だって、なんだ。夜の五つだと思ったのかよ。お前、どうしてそういう大事なことをおれに確かめなかったんだよぉ。おれは昔から、朝の方が金はあるんだ。そういうことじゃぁお前、お店勤めは覚束《おぼつか》ないよぉ。来年のおれの掛け取りは、間違いなく、朝にしなよっ」

「直次郎さん、お待ちを！　待ってくださぁいっ」

酒屋の掛け取りの声が、せつなく悲しげに遠のいていく。

男に逃げられた掛け取りには気の毒だが、戸を閉めたお勝は思わず、ふふと、小さな笑い声を洩らした。

折よく、上野東叡山の方から、微《かす》かに鐘の音が届き始めた。

この作品は双葉文庫のために書き下ろされました。

双葉文庫

か-52-07

ごんげん長屋《ながや》つれづれ帖《ちょう》【二】
ゆく年《とし》に

2021年3月14日　第1刷発行
2023年3月13日　第4刷発行

【著者】
金子成人《かねこなりと》

【発行者】
箕浦克史
【発行所】
株式会社双葉社
〒162-8540 東京都新宿区東五軒町3番28号
［電話］03-5261-4818(営業部)　03-5261-4868(編集部)
www.futabasha.co.jp(双葉社の書籍・コミックが買えます)
【印刷所】
中央精版印刷株式会社
【製本所】
中央精版印刷株式会社

【フォーマット・デザイン】
日下潤一



ISBN978-4-575-67043-1 C0193
Printed in Japan